W0248048

# Chapitre premier

Fasciné par l'harmonie du Palais-Royal, au cœur de Paris, non loin du Louvre, je m'y promène souvent. Professeur de français dans un collège parisien, j'y corrige les copies de mes élèves, prépare mes cours, ou tout simplement me divertis au spectacle de ces personnages austères du Conseil d'État ou du ministère de la Culture qui viennent y griller une cigarette à l'heure du déjeuner. Parfois, un acteur de la Comédie-Française s'y décontracte avant d'entrer en scène, le tournage d'un film en costumes d'époque crée une atmosphère irréelle. Au printemps ou en été, quand il fait chaud, l'après-midi, quel régal d'observer les concierges du quartier qui, à l'ombre des tilleuls, y papotent bruyamment...

L'autre jour, il n'y a pas si longtemps, je remarque une femme, je la vois arriver de loin. Pourquoi ? Je ne sais pas, mais mon regard ne peut se détacher d'elle. Grande, élancée, distinguée, son charme élégant et discret s'intègre parfaitement à la majesté des lieux.

Il n'y a pas encore beaucoup de monde dans le jardin en ce début avril, il n'est pas loin de onze heures. Je l'observe, elle se promène lentement, donnant l'impression d'être absorbée par une profonde réflexion, indifférente aux deux enfants qui, en jouant à se poursuivre, la frôlent. Son comportement m'intrigue.

Elle s'assoit presque en face de moi, mais de l'autre côté du bassin, choisit un endroit où il y a deux chaises côte à côte. Je me dis qu'elle attend certainement quelqu'un pour un rendez-vous galant. Elle reste seule un long moment, quasi immobile, ne donnant pas l'image de l'impatience. Soudain elle se redresse, se lève et, sans se presser, fait le tour du bassin. Elle passe près de moi. Je crains qu'elle m'interpelle, me demande de cesser de la dévisager. Je me tasse sur ma chaise, fais semblant d'être absorbé par le livre que je tiens entre les mains. Elle prend la direction des colonnes de Buren. Après quelques pas, elle retourne s'asseoir au même endroit. Surprenant, ce petit manège... Est-ce un signal qu'elle donne ? Mais à qui ? Je n'aperçois personne aux alentours. Un moment s'écoule, elle ouvre alors le sac qu'elle a posé sur ses genoux, sort un dossier, me semble-t-il, le pose sur la chaise libre, se lève et part d'un pas rapide en direction du restaurant du Palais-Royal, sans se retourner. Je me lève pour aller le prendre, courir sur ses traces pour le lui rapporter, mais un homme dont je n'avais pas remarqué la présence récupère le document oublié et s'esquive dans la direction opposée à la sienne.

*

* *

Chaque fois que je reviens au Palais-Royal, je repense à cette femme et à cette scène singulière. Je voudrais la revoir. Espoir déçu : elle ne réapparaît pas.

Comment percer ce mystère ? Je me vois déjà en possession de l'intrigue d'un fabuleux roman que je pourrais écrire, qui connaîtrait naturellement un magnifique succès. Témoin d'une étrange et émouvante histoire d'amour, celle d'une impossible idylle entre ces deux personnages qui n'osent s'avouer leur mutuelle passion, j'imagine même le titre du livre que leur destinée me permettrait de publier : *Les Amants du Palais-Royal*.

Ce peuvent être aussi bien des voyous qui préparent un mauvais coup, un fric-frac spectaculaire à la Banque de France dont les locaux jouxtent le Palais-Royal, ou l'enlèvement, en vue d'obtenir une rançon, de son gouverneur.

Ou encore ce sont – autre hypothèse qui alimente mon imagination – deux terroristes qui préparent un attentat sanglant. Traqués par toutes les polices du monde, ils se doivent de ne jamais communiquer directement.

Ce n'est plus un roman d'amour que j'écrirais, mais le polar de l'année, celui qui sera primé par le jury du quai des Orfèvres !

Les beaux jours arrivant, les jolies femmes sont revenues bronzer au bord du bassin. Ce sympathique spectacle me fait finalement oublier la femme mystérieuse et mon projet de roman.

*

*   *

Le titre d'un quotidien, affiché au kiosque de la place Colette, devant la Comédie-Française, attire mon attention. Il s'étale en première page sur quatre colonnes : « Les femmes du Président au gouvernement ». Avec un tel titre, j'achète le journal. Une photo occupe la moitié de la troisième page. C'est l'habituel cliché des ministres entourant le président de la République sur le perron de l'Élysée. Au deuxième rang, juste derrière le Premier ministre, c'est *elle*. Je n'ai aucun doute. Je la reconnais sans hésiter.

Un petit paragraphe lui est consacré, mentionnant son cursus universitaire et signalant que, pour la première fois, elle accède à une fonction gouvernementale avec le titre de secrétaire d'État auprès du Premier ministre, chargée de la rénovation de l'État. « C'est le signe de la rupture que le nouveau Président veut donner aux Français en appelant à siéger au gouvernement plusieurs femmes et des personnalités d'horizons politiques divers, provenant de la société civile », indique la légende de la photo qui précise : « ... ne tenant pas compte des frustrations que cela génère dans sa propre majorité, le Président est allé très loin dans sa volonté d'ouverture politique » et note que « la nouvelle secrétaire d'État est une pièce essentielle du dispositif présidentiel, un élément déterminant de la garde rapprochée du chef de l'État »...

Peu m'importe ces commentaires, je l'ai enfin retrouvée. Désormais, cette mystérieuse femme n'est plus anonyme pour moi, elle a un prénom et un nom : Claire Brégançon.

Je ne sais pourquoi j'ai alors une irrésistible envie de l'approcher.

## Chapitre 2

– Bienvenue, madame la ministre ! Je suis heureux de vous accueillir, lui lance son prédécesseur. Lui avait le titre, qu'il trouve naturellement plus prestigieux, de ministre de la réforme de l'État. Rupture politique oblige, il doit lui abandonner son fauteuil ministériel. « Je vous montre votre bureau », ajoute-t-il d'un ton sec.

Il se serait bien passé de cette petite cérémonie, mais la tradition républicaine lui impose la passation des pouvoirs. Penser que lui succède une femme qui, au surplus, est une nouvelle venue dans l'arène politique, l'irrite fortement, lui qui a attendu dix ans sur les bancs de l'Assemblée pour accéder enfin à une fonction ministérielle. Seule consolation pour son ego : il avait, lui, le titre de ministre. Ce n'est même pas une élue, s'est-il dit quand il a appris sa nomination.

– Vous verrez, poursuit-il sur le même ton, je vous laisse une belle maison en parfait état de marche, des fonctionnaires de très grande qualité, soucieux de défendre l'État...

N'étant pas habituée à ce genre de cérémonie, elle ne dit rien, sourit, remercie de la tête, dit bonjour aux secrétaires qui, dans le hall, veulent apercevoir la nouvelle patronne. Elle essaie de faire bonne impression, mais elle n'est pas très à l'aise et souhaite que cette petite cérémonie ne traîne pas trop en longueur. Le photographe de l'Agence France Presse n'arrête pas de la photographier, et celui du *Parisien* ne cesse de s'approcher d'elle pour lui demander ses impressions. Il voudrait bien avoir la primeur et l'exclusivité de confidences sur ses relations avec le Président et avec le Premier ministre. Elle se refuse à répondre.

– Ne vous laissez pas distraire par les journalistes, lui lance son prédécesseur, énervé par le fait que, lui, n'intéresse plus personne.

Il y a longtemps qu'il a compris que la politique est devenue un métier du spectacle, et qu'il importe donc d'être cité régulièrement dans les journaux, faute de quoi on risque de disparaître du paysage politique. Il la prend donc par le bras afin de lui présenter les principaux directeurs et chefs de service du ministère rassemblés dans la salle de réunion contiguë au bureau du ministre. Il a un petit mot aimable pour chacun d'entre eux, il en oublie presque Claire Brégançon qui le suit et s'efforce tant bien que mal de retenir leur nom.

– Vous connaissez maintenant les lieux, j'espère que vous aurez le temps de vous y familiariser. Il me reste à vous adresser mes vœux de réussite...

– Je vous raccompagne.

Elle ne sait pas très bien s'il convient de lui donner du « cher collègue », du « monsieur le ministre » ou du « cher ami » ; elle dirait volontiers « cher ancien ministre », compte tenu du peu de sympathie qui caractérise son attitude à son endroit... Finalement, elle n'opte pour aucune de ces formules et se contente de murmurer :

– Je vous remercie de votre accueil. Nous sommes, vous comme moi, d'authentiques républicains. Les Français ont tranché, c'est cela, la démocratie. Inclinons-nous devant le choix de nos concitoyens.

# Chapitre 3

Depuis que je l'ai reconnue sur la photo du journal, son souvenir m'obnubile. Je veux savoir quel était le motif de son bref passage au Palais-Royal, la raison de son surprenant comportement.

Qui est Claire Brégançon, cette personnalité phare du nouveau gouvernement, si proche du Président que certains zélateurs lui prédisent un avenir politique brillant ?

J'ai un ami d'enfance dans la police ; nous étions ensemble au collège, je l'ai régulièrement revu depuis lors, il peut m'aider à résoudre cette énigme, du moins j'en suis convaincu, je l'appelle :

– Tu es toujours flic ?

– Je n'ai pas changé, et je suis même devenu capitaine. Cela me fait plaisir de t'entendre ! Quel bon vent t'amène vers moi ? Toujours prof de français ?

– Oui, bien sûr. Voilà, j'ai besoin de toi.

– Tu as déconné ? Pas grave, j'espère...

– Non, pas de problème de ce côté-là, je voudrais trouver des renseignements sur une femme...

– Une histoire de cul !

– Non, j'ai rencontré une femme, et je voudrais savoir qui elle est vraiment...

– As-tu au moins son adresse précise, son état civil, son numéro de Sécurité sociale...

– Seulement sa photo et son nom.

– Pas facile, ce que tu me demandes... Donne-moi au moins des détails.

– Elle est secrétaire d'État, c'est Claire Brégançon, il y a sa photo dans tous les quotidiens.

– Tu es amoureux d'une ministre ? Félicitations ! Mais, fais gaffe, c'est pas simple d'être le compagnon d'une ministre, un prince consort. Donc, tu veux sauter une ministre ! Faut dire qu'elle est bien foutue, bravo, tu pouvais trouver pire au gouvernement : t'as vu les autres, elles sont presque toutes foutues comme des épouvantails à moineaux. En plus, tu déniches la chouchou du Président, tu ne te mouches pas dans un torchon, comme disait mon grand-père ! Je t'ai connu plus modeste...

– Arrête tes conneries, s'il te plaît. Cette femme, je ne l'ai croisée qu'une seule fois. Depuis, elle m'intrigue. J'ai besoin d'en savoir plus long sur sa personnalité avant de la contacter. Tu comprends ?

– Non, mais ça ne fait rien. Je vais quand même essayer de te rancarder, j'ai un pote aux Renseignements généraux... Je te rappellerai. Rien d'autre ? Si je déniche tes infos, l'addition va être salée, tu devras me payer une bouffe chez *Denise* !

– D'accord pour la bouffe. Merci d'avance. C'est *très* important pour moi...

– Tu veux faire de la politique ?

– Pourquoi pas ? C'est une hypothèse que je n'exclus plus.

– C'est pas un job pour un mec comme toi, t'es bien trop naïf. Si j'ai un conseil à te donner, reste prof, c'est plus peinard, plus stable, et tu as plein de vacances. T'emmerde pas avec la politique, c'est galère, et puis il y a tellement de tordus...

– Pas plus que chez les flics !

– Et voilà : toujours la même rengaine ! T'es incorrigible, t'as jamais supporté les flics, c'est plus fort que toi. Tu vois un flic, t'as une montée d'adrénaline et tu craches une vacherie. Comment dit-on ? C'est un réflexe...

– ... pavlovien.

– Oui, c'est cela, un réflexe conditionné. Tu penses un peu, dans ta petite tête de prof, à ce qui se passerait si tu les avais pas, les flics ? Ce serait le bordel. Mais, c'est vrai, chez nous, il y a aussi des tordus, surtout quand ils sont chefs.

– Merci de ton aide et de tes conseils amicaux. Tu me rappelles ?

## Chapitre 4

– Chers amis, pas la peine d'épiloguer sur les résultats électoraux, vous les connaissez tous, indique l'influent président de La Parisienne de travaux publics. Nous devons maintenant préparer l'avenir, prendre les contacts nécessaires pour établir des relations confiantes avec les nouveaux ministres et les députés dont nous estimerons qu'ils auront une influence dans l'avenir. Le personnel politique est en train de changer, il faut en avoir conscience...

– Notre président a raison, lance l'ancien bâtonnier Jacques Montpensier, patron et actionnaire majoritaire d'un des plus importants cabinets français d'avocats d'affaires. Il nous appartient, chers amis, de réactualiser nos contacts politiques si nous ne voulons pas être largués. En ce début de quinquennat, de nombreuses lois se préparent, nous devons pouvoir les influencer. La rupture promise ne doit pas rester un slogan...

– On voit bien pourquoi on les appelle en argot les bavards, susurre la directrice générale des hypermarchés À vos prix.

Mais l'avocat n'a rien entendu et, de toute façon, il ne se laisse pas facilement interrompre, il continue et, comme à son habitude, termine son intervention par une citation :

– Talleyrand ne disait-il pas : « La politique est un étang où les brochets font courir les carpes... » ?

– Tu veux, j'espère, que nous soyons les brochets et non pas les carpes ? s'enquiert son voisin, le directeur général de l'Union nationale des assurances.

Une fois par mois, le président de La Parisienne de travaux publics convie à déjeuner une dizaine de dirigeants d'entreprise. C'est toujours à *La Cantine du Faubourg*, 105, rue du Faubourg-Saint-Honoré, près du palais de l'Élysée, et c'est le deuxième mardi du mois, dans un salon particulier, au fond à gauche de la vaste salle à manger de ce restaurant « branché ». Pierre, le patron, et sa dynamique directrice, Marie-Laure, ont su créer là une ambiance propice à accueillir le Tout-Paris des affaires. François-Louis Vuitton, héritier du célèbre bagagiste, le couturier Cerruti, de nombreux banquiers et chefs d'entreprise, des artistes connus y déjeunent régulièrement. On y a même vu un soir Madonna.

Ces dirigeants de sociétés constituent un groupe influent. Ils reçoivent régulièrement des personnalités du monde politique ou économique. Ainsi ont-ils pu dialoguer par le passé avec le ministre de l'Économie, celui de l'Industrie et même, une fois, avec le Premier ministre, mais aussi avec la dynamique, médiatique et frêle présidente du patronat, l'inoxydable secrétaire général de la CGT ou l'incontrôlable responsable de la CFDT... Parmi la liste des invités on remarque aussi les responsables des principaux partis politiques.

Le but des hôtes est de cultiver leur influence sur les politiques ou les syndicalistes, de faire passer leurs messages, de constituer un puissant groupe de pression.

– Avez-vous remarqué que le gouvernement comporte de nouveaux venus dont nous ignorions même le nom auparavant ? La presse ne fournit pas beaucoup d'informations sur le passé de ces membres du gouvernement, surtout lorsqu'ils n'ont jamais brigué de mandats politiques. La droite a gagné l'élection présidentielle et va probablement remporter les législatives, et elle offre des postes importants à la gauche en pleine débâcle, constate le fondé de pouvoir de la Garantie foncière.

Il est interrompu par le président de Rest-Dom, spécialiste de la restauration de luxe à domicile, qui lance à la cantonade :

– La politique est devenue une œuvre de bienfaisance, un centre d'accueil pour gauchos en perdition !... Je vous propose donc de confier dans nos entreprises un poste important à nos concurrents...

Le président de La Parisienne de travaux publics n'apprécie pas ce genre d'humour, il reprend donc la parole pour suggérer un calendrier d'auditions des nouvelles personnalités politiques.

– Nous pourrions commencer par Claire Brégançon, la favorite du Président, dit-on, désormais en charge de la rénovation de l'État. Il me semble urgent qu'elle nous écoute avant de proposer des réformes, c'est le moment ou jamais de faire passer nos idées.

*

* *

Non loin de *La Cantine du Faubourg*, au siège du parti socialiste, rue de Solférino, le premier secrétaire a réuni son bureau national. Il est presque au complet : cinquante membres sont présents. L'atmosphère n'est pas à l'optimisme, la défaite a été difficile à admettre. Il revient maintenant au numéro un de faire montre de son habileté politique pour éviter les règlements de comptes, les petites phrases assassines, les partitions individuelles jusqu'aux prochaines législatives, et, après cette échéance délicate, préparer la reconstruction du parti. Il se sait très contesté. La campagne présidentielle a semé rancœurs et frustrations. Les ressentiments et les haines sont vives, ils risquent d'être encore exacerbés au lendemain des législatives si se confirme la déroute annoncée des candidats socialistes. Pour le reconstruire, il est indispensable d'éviter une trop grande débâcle.

– Chers camarades, ne revenons pas sur le passé et mobilisons-nous pour le prochain scrutin, affirme-t-il d'emblée.

– Nous pourrions quand même évoquer les raisons de notre défaite. Nous venons de prendre une claque et nous ferions comme si de rien n'était ? À force de se cacher derrière son petit doigt et d'éviter tout sujet qui fâche, nous courons de défaite en défaite ! lance un député proche de l'un des anciens postulants à l'Élysée, sèchement éliminé lors des primaires organisées au sein du parti. Cela fait trois fois que notre candidat est battu à une présidentielle, ça devient démoralisant pour nos militants. Si cela continue, on va se faire bouffer par les camarades de l'extrême gauche, qui sont d'ailleurs devenus les meilleurs alliés de la droite du fait de la multiplicité de leurs candidatures...

– La dernière fois, notre candidat a été éliminé dès le premier tour ; malgré le jeu maléfique de certains camarades, notre héroïne a pu se maintenir et figurer au deuxième et obtenir finalement un score honorable : c'est un progrès, précise son camarade, le maire de Dijon.

– Ne perdons pas espoir : dans dix ans, ce sera bon pour nous ! lance, exaspéré, le questeur du Sénat.

– Franchement, dans moins d'un mois, ce sont les législatives : donnons d'abord l'image de la sérénité et de la dignité, et non pas celle de la division. Évitons de nous déchirer et d'étaler publiquement nos rancœurs, se permet de recommander l'ancien Premier ministre à l'intention du député du Val-d'Oise qui s'est laissé aller à la télévision, le soir du scrutin, à certaines critiques qui ont choqué nombre de camarades.

– Oui, Pierre a raison, renchérit le député de l'Essonne, grand collectionneur de montres. Viendra vite après les législatives l'heure des bilans, le temps des critiques, l'opportunité des changements.

– N'attendons pas pour reconstruire notre parti, rénover nos méthodes et notre discours. Le calendrier fixé par notre premier secrétaire est absurde, lance le député-maire d'Évry.

– Ce n'est pas le sujet. Parlons des élections de nos députés et des arguments à utiliser pour tenter d'éviter une nouvelle déconvenue. Ne remettons pas en cause les investitures de nos candidats, précise le premier secrétaire qui, d'un mouvement de tête, fait signe à certains participants de le soutenir dans cette suggestion. Et il ajoute pour s'échapper vers un autre sujet : Il nous faut dénoncer ce gouvernement de technocrates. Vous avez remarqué comme moi l'arrivée de ministres qui n'ont jamais sollicité de mandat électif et qui ne se présentent même pas aux suffrages de nos compatriotes. C'est un bon angle d'attaque. Nous pourrons ainsi dénoncer le mépris du nouveau Président pour la démocratie et le Parlement. Ça a payé avec Villepin...

– Ça ne nous a pas permis de remporter la présidentielle, objecte un membre du bureau national.

– Effectivement, quand on n'a plus de projet politique cohérent, il est préférable d'affronter son adversaire sur un terrain moins périlleux que celui des idées. Tu as raison, camarade ! Cherchons, dans le passé politique des nouveaux ministres et de leurs collaborateurs ce qui pourrait nous servir. Ainsi cette Claire Brégançon, si protégée au Château, la secrétaire d'État de je ne sais jamais si c'est de la réforme, de la réorganisation ou de la rénovation de l'État, qui est-elle ? Pourquoi une telle promotion ? s'interroge un ancien ministre avec son tact habituel. Il serait intéressant de savoir avec qui elle a badiné pour bénéficier d'une telle promotion, surtout quand on connaît son parcours : elle a passé vite fait de la gauche à la droite, c'est dire la force de ses convictions... C'est vrai qu'elle n'est pas la seule, à gauche, à avoir sacrifié ses engagements anciens pour un maroquin. Au reste, je ne savais pas, chers camarades, qu'il y avait autant de félons parmi nous. François doit nous observer de là-haut avec stupéfaction...

– Toujours aussi délicat avec les femmes, lui lance une ancienne ministre, député de Seine-Saint-Denis, ajoutant même avec un petit sourire narquois : Il n'est pas nécessaire de coucher pour devenir ministre... sinon, cela expliquerait la carrière de bien des hommes !

Regardant le premier secrétaire, un élu des Bouches-du-Rhône questionne :

– Tu veux que nous nous intéressions à la vie privée de nos adversaires ? Pas mal ! La politique va en sortir renforcée dans l'opinion des Français !

Et, se tournant vers ses camarades du bureau national, il s'insurge :

– Nous, héritiers du parti de Jaurès et de Blum, nous, porteurs d'idéaux qui, dans le sillage du Front populaire, avons fait progresser la justice sociale et la fraternité républicaine, il nous faudrait tout abandonner, perdre notre âme, fouiller désormais dans les poubelles de la politique...

– Camarades, nous sommes bien malades ! s'écrie essoufflé et outré, un vieux militant de la fédération du Nord.

Il en a connu, des crises au sein du parti, mais jamais aussi dramatiques que celle d'aujourd'hui.

– Il ne s'agit pas de fouiner dans le passé des ministres, mais, lorsqu'on incarne l'État, qu'on a l'honneur de faire partie du gouvernement de la France, on se doit d'être irréprochable. Cela s'adresse aux autres comme à nous, lance un député du Pas-de-Calais.

– Saint-Just est revenu ! marmonne à mi-voix un ancien ministre.

– Arrêtons, chers camarades ! L'important, compte tenu de notre situation, est de dénoncer la mainmise sur l'État des technocrates, des énarques, des fonctionnaires... Cela plaît toujours. La forte participation des Français à l'élection présidentielle montre qu'ils veulent se réapproprier la politique. Abondons dans leur sens, même si ce n'est pas très glorieux, j'en conviens, mais nous n'avons pas le choix... J'ai donc demandé à nos collaborateurs de rechercher la biographie détaillée de chaque ministre et de nous sortir leurs déclarations.

Puis sans attendre, afin d'éviter que ce débat inutile à ses yeux se poursuive, il se lève et se dirige d'un pas décidé vers la salle de presse.

Il y annonce que la réunion du bureau national s'est déroulée dans le plus parfait climat de sérénité, de camaraderie et de responsabilité politique. Il précise aussi qu'il a été principalement consacré à la mobilisation du parti en vue des élections législatives. Naturellement, il n'oublie pas de remercier celles et ceux qui ont fait confiance à la candidate du PS. Il fustige ce gouvernement de technocrates, incapable de prendre en compte les aspirations des Français, dénonce la stratégie de débauchage systématique du nouveau Président, dont le seul but est l'implosion du parti. Enfin, il recommande aux électrices et électeurs, par leur vote aux législatives, de faire contrepoids à la toute-puissance de l'exécutif. Il cite même Montesquieu pour qui le pouvoir doit arrêter le pouvoir, et pour qui tout homme qui a du pouvoir est porté à en abuser.

## Chapitre 5

Je veux savoir ce que Claire Brégançon est venue faire au Palais-Royal.

Désormais, je lis quotidiennement les journaux, ce que je ne faisais pas aussi assidûment auparavant. Je découpe tous les articles la concernant.

Avec deux autres de ses collègues, elle fait les principaux titres de plusieurs hebdomadaires. Je regarde chaque fois sa photo avec une curiosité accrue. La surprise de sa nomination s'estompe assez rapidement, les journalistes politiques s'intéressent à autre chose. La préparation des législatives monopolise la fertilité de leurs imaginations, d'autant plus que les sondages prédisent les uns à la suite des autres un triomphe historique pour le parti du Président. L'état de grâce risquant de se poursuivre au-delà du renouvellement de l'Assemblée et le nouveau chef de l'État connaissant à merveille les patrons de presse, les chroniqueurs politiques appliquent le principe de précaution avec un zèle remarquable.

Sitôt que j'ai un moment libre, aucun cours à dispenser, au lieu d'aller au Palais-Royal je me promène autour de son ministère. Je commence à connaître parfaitement la rue du Bac et les devantures des magasins alentour. J'ai même guetté un jour pendant près de deux heures – en vain – sa sortie. J'ai rappelé mon copain flic. Il était en récupération. Cela m'a irrité : il aurait pu me prévenir !

Après avoir hésité, je me suis donc décidé à lui adresser une lettre personnelle afin de lui offrir mes services. J'y ai joint un curriculum vitae. Je me suis convaincu qu'elle ne pouvait pas ne pas me faire signe. Le temps passant, il me faut bien admettre qu'elle ne me répond pas. Je laisse s'écouler quelques jours et lui adresse une seconde lettre, sans faire allusion à la première, mais en lui précisant cette fois que nous nous sommes déjà croisés dans les jardins du Palais-Royal : cette allusion attirera son attention ou bien celle de son secrétaire, c'est pour moi une certitude. Pour mettre toutes les chances de mon côté, je lui précise que je suis aussi écrivain, ce qui n'est pas faux. J'ai publié deux ouvrages historiques, je prépare un essai sur Marcel Proust et j'envisage d'écrire une pièce de théâtre qui mettra en scène Himiltrude, Désirée, Hildegarde, Fastrade et Liutgarde, les cinq femmes de Charlemagne.

Je me convaincs chaque jour davantage que j'ai épuisé mon temps au service de l'Éducation nationale et dois absolument, avant qu'il ne soit trop tard, changer d'orientation : alors, pourquoi ne pas travailler au sein d'une administration centrale autre que celle de la rue de Grenelle ? Réfléchir à ce que pourraient être les contours d'un État moderne me séduirait assez. Je dois encore attendre et espérer.

Finalement, c'est un mardi, peu avant le premier tour des législatives, que vers neuf heures mon portable vibre : son chef de cabinet me fait savoir que ma lettre est bien parvenue à la ministre et qu'elle me recevra le mardi suivant à dix-huit heures précises à son ministère. Je suis heureux de cette nouvelle, joyeux, même. Ma vie ne se résumera plus à dispenser des cours de français à des collégiens que je comprends de moins en moins et à corriger des copies de plus en plus insipides, ce qui a toujours constitué pour moi un insupportable pensum. Enfin je vais connaître l'excitation de l'action ! Il me faut cependant encore patienter une semaine. Sûr de moi, persuadé qu'elle va m'offrir de collaborer avec elle, je ne m'interroge même pas sur la compatibilité de nos engagements politiques.

Il est vrai que je n'ai pas l'âme d'un militant. J'ai naturellement adhéré au syndicat de l'Éducation nationale, d'abord par conformisme, ensuite par intérêt, car ce syndicat cogère avec l'administration les carrières des enseignants. J'ai signé des pétitions contre la guerre en Irak, présentées par le principal de mon collège. Mais, à sa différence, je ne suis pas un pacifiste opposé par principe à la guerre. Il y a eu par le passé des guerres légitimes. Je suis contre les guerres stupides, et celle orchestrée par les Américains en Irak l'est. Lors de la dernière élection présidentielle, j'ai donné mon vote à la candidate de gauche, par habitude plus que par adhésion à son discours. Elle m'énervait à bien des égards. J'avais surtout l'impression qu'elle ne s'était pas préparée à cette redoutable épreuve. Son amateurisme, confronté au grand professionnalisme de son adversaire de droite, m'exaspérait, mais la prétention des « éléphants » de son parti a fini par me convaincre de lui apporter mon suffrage. C'était pour moi une façon de leur signifier qu'ils devaient s'effacer et faire preuve de plus de modestie. Ce n'était pas un vote de conviction, mais de résignation. De toute façon, je ne crois pas aux promesses électorales. Les politiques défendent d'abord leurs idées, non celles de leurs électeurs, et je me suis toujours senti assez étranger à l'univers des partis. Je suis un individualiste, je vis dans mon monde, celui de la littérature et de l'enseignement. Ma seule incursion littéraire, sur le terrain politique, fut l'essai que j'ai publié sur Victor Duruy et Camille Sée et l'ouverture de l'école aux jeunes filles. Je suis également intervenu dans le cadre d'un colloque organisé par la Sorbonne à l'occasion du centenaire de la loi de séparation des Églises et de l'État. J'ai alors défendu la laïcité, à mes yeux pilier essentiel de la République, et fustigé ceux qui voulaient modifier, corriger, compléter la loi de 1905.

## Chapitre 6

– Salut, j'ai tes renseignements.

– Tu as été bien long...

– T'es gonflé, je n'ai pas que ça à faire ! Dans la police, on bosse, mon vieux, ça n'est pas comme dans l'Éducation nationale, et puis j'avais des récupes à prendre avant les vacances d'été, sinon elles passaient à l'as : j'allais pas en faire don à l'administration.

– Pardon, mais je m'impatientais.

– Et puis, je devais me montrer prudent. Un flic trop curieux sur un ministre, ça peut lui geler sa promotion. J'en viens à l'essentiel : sur ta nana, nous n'avons pas grand-chose à nous mettre sous la dent. Sa famille est honorablement connue. Elle n'a pas défavorablement attiré l'attention des services de police. Son père a été cadre chez Renault, il y aurait fait pratiquement toute sa carrière. Il est maintenant retraité et retiré dans la région de Bordeaux. Elle a fait de bonnes études, même assez brillantes : droit à Paris, sciences politiques à Lyon. A été embauchée ensuite dans un cabinet d'avocats et semble ne pas avoir d'engagement politique trop affirmé. Elle aurait traîné un peu à gauche, flirté même avec les gauchistes quand elle était étudiante, mais rien de dramatique. Aujourd'hui, serait assez proche des socialistes, tout en ayant plus ou moins rejoint les cercles de l'actuelle majorité. Elle participerait à un club de réflexion composé de personnalités de droite autant que de gauche. Par contre, son frère, à la fac, était un gaucho notoire, connu pour avoir rarement raté une manif et volontiers bouffé du flic. Lui aussi aurait mis de l'eau dans son rouge. Ferait des affaires. À part ça, pas grand-chose de sensationnel.

– Merci, merci, je te rappellerai plus tard : je suis pressé. À plus !

*

* *

Lorsque mon ami flic m'appelle pour me débiter ces renseignements, je passe sur le trottoir qui fait face au ministère, rue du Bac, et la vois sortir, puis se diriger, seule, à pied, vers le boulevard Saint-Germain. Je la reconnais sans aucune hésitation : toujours l'allure élégante et la distinction aussi éclatante que discrète. Instinctivement, je la suis. Nous marchons chacun sur un trottoir jusqu'à la rue des Écoles ; elle emprunte la petite rue Champollion, nous la remontons tranquillement. Je commence à avoir mal aux pieds. Elle arrive place de la Sorbonne, se dirige d'un pas plus rapide vers la terrasse de la brasserie *L'Écritoire*, à la rencontre d'un homme déjà attablé. Elle l'embrasse sur les deux joues, s'assoit à côté de lui, commande un café. Ils discutent un bon moment ensemble. J'attends, installé non loin de là au pied de la statue d'Auguste Comte. Ils se lèvent, il règle, ils remontent ensemble le boulevard Saint-Michel tout en continuant de discuter. Parvenus au carrefour Soufflot, ils s'embrassent : elle part en direction du théâtre de l'Odéon, lui vers le Panthéon. Je ne peux malheureusement continuer à la suivre, mes élèves ne peuvent attendre, j'avise donc un taxi, pour une fois j'en trouve un libre, c'est exceptionnel dans Paris. J'abandonne à regret ma filature, j'y aurais bien passé la soirée.

## Chapitre 7

Une déflagration. Le bruit de verre d'une vitrine qui vole en éclats. Le crissement de freins d'une voiture, relayé par ceux de persiennes et de fenêtres qui s'ouvrent précipitamment. Des cris, particulièrement angoissants lorsqu'il fait noir, viennent perturber le calme de la rue du Bac par cette nuit de juin, sur le coup de trois heures du matin. Un étrange silence s'installe, vite évincé par les timbres stressants des sirènes de véhicules de police, de pompiers, et celui, différent mais tout aussi angoissant, d'une ambulance. Résonnent dans la rue des claquements de portières, des grondement de motos, le bruit strident et agressif de sifflets. Le noir de la nuit est strié par le bleu des gyrophares.

*

* *

« Ce jour, à trois heures du matin, un véhicule de type Renault a été volontairement incendié rue du Bac, dans le 7e arrondissement de Paris. Les constatations de la Brigade criminelle précisent que l'engin de faible portée, à l'origine de l'incendie et de l'explosion qui s'en est suivie, serait, sous réserve d'analyses plus précises par les services spécialisés de la préfecture de police, de fabrication rudimentaire. À part un passant choqué par le bruit et égratigné par les éclats de verre d'une vitrine, aucune victime n'est à déplorer. Les dégâts matériels sont peu importants. L'engin avait été placé dans la sacoche d'une moto signalée volée, stationnée le long du véhicule qui aurait été aspergé d'essence. Pas de suspect. Aucune revendication pour l'instant. Pas de personnalité signalée demeurant aux alentours. Ni ambassade, ni lieu de culte, ni école dans le secteur immédiat, c'est-à-dire entre le carrefour Raspail et la rue de l'Université. Le seul bâtiment public à avoir pu servir de cible est celui du secrétariat d'État à la rénovation de l'État... »

Le commissaire divisionnaire Michel, patron de l'Unité de coordination de la lutte antiterroriste, l'Uclat, pose le rapport de la Brigade criminelle sur son bureau en faisant la moue. Perplexe, il ne croit pas à un attentat terroriste, plutôt à une affaire de droit commun : un règlement de comptes entre petits malfrats. La nature de l'engin montre à l'évidence qu'il n'a pas été fabriqué par des professionnels. Michel a connu la vague d'attentats de 1995, il était alors à la section antiterroriste de la Brigade criminelle. Il est descendu à la station du métro Saint-Michel, ce 25 juillet, et y a vu les corps déchiquetés par le souffle de la bombe. Il était présent à la gare d'Orsay le 17 octobre, puis à la station Port-Royal, le 3 décembre 1996, pour y faire les premières constatations. À chaque fois, il a étudié les rapports du laboratoire central sur la nature des explosifs utilisés. Il se souvient parfaitement des caractéristiques des engins : des bonbonnes vidées de leur gaz, remplies de poudre noire et de ferraille. Elles étaient reliées à des réveille-matin qui servaient de dispositifs de mise à feu. Rien de comparable aujourd'hui. Et puis, en 1995, la série d'attentats essuyés par la France se situait dans un contexte international particulièrement tendu. Il y avait eu l'épilogue du détournement de l'Airbus d'Air France, le climat politique dégradé en Algérie, marqué par des violences terribles. Dans les régions lyonnaise et parisienne, la présence de personnages aux comportements suspects avait été signalée. Auparavant, un imam avait été assassiné à Paris. Enfin, des documents transmis par la police belge montraient un revolver pointé sur la France, surmonté du slogan « Al Jihad ». Tout cela et d'autres renseignements communiqués par divers services spécialisés européens avaient mis au rouge les clignotants de la menace terroriste. Le ministre de l'Intérieur de l'époque avait provoqué la réunion d'un comité interministériel pour évaluer les risques et mobiliser les services. Michel y avait représenté la section antiterroriste de la Brigade criminelle. C'est dire combien la menace était imminente. Ces risques d'attentats demeurent encore élevés. La situation reste tendue au Proche et au Moyen-Orient : les affrontements en Irak, les rapports avec l'Iran, la crise libanaise, le rôle de la Syrie, la progression d'idéologies extrémistes appellent certes toujours une vigilance quotidienne, mais rien de comparable avec 1995. La coopération policière internationale s'est elle aussi considérablement renforcée et les Anglais ont enfin compris qu'il était nécessaire de collaborer avec les autres polices du continent.

Le commissaire divisionnaire Michel a donc l'intention d'évoquer ce dossier au cours de la réunion qu'il tient chaque mardi dans son bureau du troisième étage de l'immeuble de la rue des Saussaies, avec le directeur de la Surveillance du territoire, celui des Renseignements généraux, le chef de la sous-direction de la section antiterroriste de la police judiciaire.

Assistent également à cette réunion de coordination le colonel, chef du bureau de la lutte antiterroriste de la gendarmerie nationale, et le responsable de la section renseignement de la DGSE. Une fois tout le monde assis autour de la table placée dans le fond à gauche de son bureau, le commissaire Michel ouvre la réunion en rappelant l'ordre du jour :

– Nous allons d'abord évoquer les enquêtes en cours au vu des événements internationaux, du contexte électoral et de l'état de la menace qui pèse sur notre pays. Commençons par faire le point des investigations de la Criminelle sur l'incendie, suivi de l'explosion d'un véhicule, survenu rue du Bac, au cœur de Paris, non loin des ministères et de Matignon.

– Nous sommes dans l'expectative, indique le patron de la Brigade criminelle. Notre enquête pourrait plutôt s'orienter vers le milieu sectaire. Habiterait tout près de l'endroit où a été incendiée la voiture un individu qui appartiendrait à une organisation plus ou moins qualifiée de secte. Naturellement, nous vérifions cela avec nos collègues des Renseignements généraux. Un moment a été évoqué comme cible le secrétariat d'État qui se trouve par là, mais je crois que ce n'est pas une piste à privilégier particulièrement pour l'instant.

– Bien, dossier à suivre. Venons-en maintenant à l'évaluation de la menace. Y a-t-il des éléments nouveaux depuis notre rencontre de la semaine dernière ?

– Nous avons eu récemment à Lyon une réunion à Interpol sur la « nouvelle génération de terroristes ». De nombreux spécialistes étaient présents. Il y avait même le shérif de Los Angeles, précise le directeur de la DST, et il s'adresse à ses collègues, en les regardant les uns après les autres pour souligner l'importance de son propos : Nous recevons de toutes parts des indications selon lesquelles un groupe préparerait une opération simultanée dans plusieurs villes, en Europe et aux États-Unis. C'est pour cela que la délégation américaine était importante et comprenait les responsables policiers de plusieurs grandes cités d'outre-Atlantique...

– Quel groupe et quel genre d'opération ? interroge le commissaire divisionnaire Michel d'un ton sec.

Il aurait aimé avoir été averti de la tenue de cette réunion. Il sait qu'avec la DST c'est toujours pareil : ce service a tendance à travailler dans son coin et ne partage pas ses sources d'information.

– Impossible à dire, répond le chef de la DST. Les origines des renseignements nous incitent cependant à ne pas les prendre à la légère. Quant à la nature du groupe qui pourrait faire un coup simultané dans plusieurs villes d'Europe et des États-Unis, il n'y en a pas une multitude : cela viendrait plutôt de la mouvance islamiste, mais, franchement, l'exploitation ne fait que débuter. Nous avons évoqué ce dossier à Interpol. De même, nous avons procédé à une réflexion collective sur les nouvelles formes d'action terroriste. L'intervention d'un collègue anglais m'a impressionné et, je crois, devrait mériter notre attention. Il a soutenu la thèse d'une infiltration de l'appareil d'État par des terroristes en vue de prendre le pouvoir disons légalement...

– Rien de très original, lâche tout haut le colonel de gendarmerie, toujours prompt à minimiser l'importance des propos de ses collègues policiers.

– C'est exact, poursuit le responsable de la DST, nous avons déjà diligenté des enquêtes sur des hauts fonctionnaires, des membres de cabinets ministériels, plus rarement des parlementaires, voire même des ministres en exercice...

– Ça me fait penser à l'affaire Clearstream, susurre

le commissaire des Renseignements généraux de la préfecture de police.

Faisant comme s'il ne l'avait pas entendu, le patron de la DST poursuit son exposé :

– Imaginons le scénario suivant : un groupe, islamiste ou gauchiste, peu importe, décide d'inscrire son action sur le long terme, et non plus d'agir au moyen de bombes, mais tout simplement d'accéder au pouvoir légalement, soit en ayant des candidats masqués aux élections, soit en infiltrant un ou plusieurs partis politiques. Qui vous dit que ce n'est pas le cas aujourd'hui en France ? Nous allons voter pour désigner les députés. Connaissez-vous le parcours personnel du candidat de droite ou de gauche pour lequel vous allez vous prononcer ? Non ! C'est parce qu'il est présenté par la formation politique qui a votre sympathie que vous allez lui apporter votre suffrage. Et si ce parti remporte la majorité aux élections, pourquoi ne deviendrait-il pas ministre ?

– Finalement, Interpol a remplacé le Café du Commerce, l'interrompt le colonel, exaspéré.

Il n'aime pas qu'on lui fasse perdre son temps. Il assiste à cette réunion pour assurer une meilleure coordination de l'action des services de lutte antiterroriste, échanger des informations utiles, et non pas pour entendre les élucubrations de théoriciens qui ne débouchent jamais sur du concret et qui, de toute façon, estime-t-il, ne sont pas de la compétence de cette réunion. Il le dit avec la brutalité verbale dont il est coutumier, surtout depuis qu'il a été élevé au grade de colonel.

Plus souple de nature et ayant depuis longtemps compris que, pour se hisser au sommet de la hiérarchie policière, il est utile de bénéficier d'amitiés et de relations, et, pour cela, de se montrer capable de diplomatie, le commissaire divisionnaire Michel indique qu'on en reparlera plus tard. Il se lève, signe que la séance est terminée.

Aucun des participants n'ose reprendre la parole ni poursuivre la discussion. L'autorité du commissaire ne souffre aucune contestation, même de la part de la gendarmerie. « Babar », comme ses collaborateurs l'ont surnommé du fait de sa mémoire hors du commun, analogue à celle des éléphants, est unanimement reconnu comme l'un des meilleurs spécialistes de la lutte antiterroriste. Sa réputation, qui s'appuie aussi sur une longue expérience et une capacité de travail remarquable, est connue des spécialistes européens et même américains. Il a voué sa carrière de policier au combat contre les terroristes, notamment islamistes. Après les attentats de 1995 en France, celui du 11 septembre 2001 à New York, de 2004 à Madrid, ceux d'Alger du 11 avril 2007, il est intimement persuadé qu'a débuté une troisième guerre mondiale, qu'elle va se prolonger, qu'elle passera inévitablement par la déstabilisation de l'Algérie, du Maroc, de la Tunisie et de l'Égypte, avant de gagner l'Europe, notamment la France et la Grande-Bretagne qui demeurent les cibles privilégiées des islamistes.

## Chapitre 8

– Asseyez-vous. Madame la ministre va vous recevoir dans un instant, m'avertit l'huissier d'un ton solennel.

– Je vous remercie.

Il époussette son bureau, taille puis range son crayon dans le tiroir, replace le téléphone et le vieux sous-main en plastique offert, il y a bien longtemps, par la société Pernod-Ricard. Ces gestes, il les a répétés depuis vingt ans, d'abord comme huissier du directeur de cabinet et, depuis six ans, en tant que chef huissier affecté à l'antichambre du bureau du ministre. Il est arrivé au sommet de la hiérarchie dans la fonction. Mais c'est la première fois que le ministre est une femme et il n'arrive pas à dire *la* ministre. Il soupire et, sans bouger de son fauteuil, se redresse pour regarder par la fenêtre, examine l'horloge accrochée au mur, souffle, se lève, rectifie l'heure.

– Chaque jour, elle avance de cinq minutes, me dit-il, exaspéré par ce surcroît de travail.

Puis il regagne son fauteuil, soupire à nouveau. Il se tourne alors vers moi, me propose son *Parisien*. Je l'en remercie. Compagnon momentané des visiteurs du ministre, le silence, quand quelqu'un d'autre est dans la même pièce que lui, l'angoisse. Il me propose un café. Je refuse. J'attends. Une sonnerie retentit, il se lève, me regarde et, d'un ton solennel, me lance :

– Monsieur Spontini, s'il vous plaît... Madame le... la ministre va vous recevoir.

Il se dirige vers la porte capitonnée, l'ouvre après avoir frappé.

J'entre, je me sens mal à l'aise. Je l'aperçois, assise derrière un grand bureau. Un homme se tient à côté d'elle.

– Bonjour, cher monsieur. Entrez, bienvenue, je vous présente mon chef de cabinet. Ainsi, vous voudriez travailler avec moi ?

– Effectivement, madame le... pardon, la ministre. Je souhaiterais servir mon pays en soutenant votre action et celle du gouvernement...

– Pourquoi moi, et pas un autre ministre ? me demande-t-elle avec curiosité.

– Je me suis toujours intéressé au fonctionnement de l'État, à sa modernisation, à sa rénovation.

Ce mensonge lui convient parfaitement, me semble-t-il. J'ai aussi le sentiment qu'en présence de son collaborateur elle ne souhaite pas évoquer notre « rencontre » au Palais-Royal. J'ajoute :

– J'ai de l'estime pour vous, et j'aimerais tellement que vous réussissiez dans votre mission, elle est si importante pour la France...

– Voilà une déclaration sympathique, lâche-t-elle avec un petit sourire.

– J'ai lu les articles vous concernant, ils sont élogieux...

– Les journalistes ne connaissent pas vraiment ma vie, mais cela n'a aucune importance...

Elle fait un petit geste à son chef de cabinet qui se retire, me laissant seul avec elle. Me fixant droit dans les yeux, elle dit :

– Vous m'avez rencontré au Palais-Royal ? C'était quand ? Je ne m'en souviens pas très bien...

– C'était il y a plusieurs semaines. Je vous ai remarquée, vous aviez oublié un document sur une chaise et une personne est venue le prendre après votre départ...

– Vous m'y avez revue ?

– Non.

– Vous êtes très physionomiste.

– C'est une qualité dont on me crédite souvent.

– Cela peut aussi se révéler, parfois, être un défaut, et vous entraîner sur des chemins périlleux. Finalement, nous ne nous sommes pas vraiment rencontrés, et encore moins parlé. Ce n'est pas vous qui avez récupéré le document que j'avais hélas oublié.

Puis elle ajoute après un très court silence :

– Peu importe, vous tombez bien, j'ai besoin d'un collaborateur qui prépare mes discours. J'ai demandé à mon collègue de l'Éducation nationale ce qu'il pensait de vous. Il a été élogieux à votre égard. J'ai lu le petit essai que vous avez publié sur l'action de Victor Duruy et Camille Sée. Il est très intéressant, bien écrit, facile à lire. Êtes-vous d'accord pour me servir de « plume », comme on dit ? Si vous acceptez, mon chef de cabinet, que vous avez vu il y a un instant, se chargera des formalités administratives. Vous savez que je ne suis pas vraiment de droite, c'est le moins qu'on puisse dire. Je n'appartiens cependant à aucun parti. Quand j'étais à la fac, j'étais plutôt à gauche. Il faudra vous adapter. Je pense que ce vous sera possible. Le principal de votre collège estime que ça ne vous posera aucun problème. Mais il a eu l'air très étonné par votre soudain engagement dans la politique...

– Il est facilement surpris. Vingt-cinq ans d'Éducation nationale vous façonnent et anesthésient en vous tout désir de changement. Dès qu'une modification de votre carrière intervient, que vous sortez des sentiers battus, vos supérieurs sont désemparés. Eux se complaisent et se rassurent dans le confort d'une vie professionnelle qui se déroule comme prévu. Tout ce qui n'est pas la routine les perturbe. Repartir, se remettre en cause, ce sont là des attitudes bizarres pour eux. C'est vrai que je suis un peu atypique !

– Vous êtes bien sévère pour vos supérieurs. Mais, finalement, vous avez raison, nous devons éviter la routine, refuser la monotonie, nous écarter du conformisme ambiant. Quand nous étions jeunes, nous voulions le bonheur pour tous, une société fraternelle, la fin de la misère, et pour arriver à tout cela il n'y avait pour nous que la Révolution. Avec nos camarades, à l'époque, nous participions aux manifs pour, disions-nous, faire reculer le Pouvoir. Le gouvernement était notre adversaire, et l'État qu'il incarnait, notre ennemi. Nous étions bouffés par la politique, puis les études supérieures ont eu progressivement raison de notre engagement. En ce qui me concerne, je me suis éloignée de Marx, Lénine, Trotski, Guevara et les autres. Arrivé à un certain âge, il faut renoncer à l'utopie et remettre les pieds sur terre. Voilà, vous savez presque tout sur mon parcours, me dit-elle. J'espère qu'il ne vous choque pas trop. Je ne suis pas désabusée ni nostalgique, il faut penser à l'avenir...

– Madame la ministre, je me sens totalement en harmonie avec votre parcours. Je vous comprends parfaitement.

– Tant mieux, nous reparlerons de cela plus tard. Mais un homme ou une femme avertis sont toujours préférables, dans notre société politique. Nous n'avons pas que des amis. Nous aurons une relation de travail directe, nous corrigerons ensemble mes discours. Si vous rencontrez un problème quelconque, n'hésitez pas à venir me voir, nous en parlerons tous les deux. Je vous fais une totale confiance.

Sans attendre de ma part la moindre approbation, se contentant de mon hochement de tête, elle sonne l'huissier.

Celui-ci entre aussitôt dans le bureau, sans frapper. Sa rapidité me surprend à tel point que je me demande s'il n'écoutait pas derrière la porte. Depuis mon arrivée dans ce ministère, son air hypocrite et sournois me déplaît. Il faudra absolument que je m'en méfie.

Le chef de cabinet, dont j'ai simplement croisé le regard une fraction de seconde, ne me plaît pas non plus. Il a la prétention de ceux qui ne savent pas grand-chose, la suffisance des incompétents, la morgue des petits chefs. C'est auprès de lui que me conduit l'huissier.

– Voici ton antre, me dit-il en me serrant la main – la sienne est molle –, ton secrétariat est à côté, installe-toi. Je vais te présenter ta secrétaire, c'est une antiquité, dans six mois elle part à la retraite, on peut encore en tirer quelque chose. La ministre a défini tes attributions. Tu es chargé de rédiger ses discours et interventions diverses. Tu dépendras directement de moi. Pour la voir, il est préférable que tu passes par mon filtre. Je contrôle tout pour mieux la servir et lui éviter les conneries. On ne s'improvise pas du jour au lendemain ministre ; heureusement que nous autres, chefs de cabinet, sommes là : les gouvernements changent, les ministres passent, nous, nous demeurons. Cela fait mon troisième poste de chef de cabinet.

Quelle suffisance ! me dis-je. Mais il ajoute :

– Chaque mercredi, pendant le Conseil des ministres, nous avons une réunion avec les autres collaborateurs du ministre. Elle se tient dans le bureau du directeur de cabinet. Tu verras, ce n'est pas un marrant, et naturellement c'est un énarque.

– Et toi, tu n'as pas fait l'ENA ?

Je sens bien que cette question, à laquelle il ne s'attendait pas, l'énerve.

– Non, non, je n'ai pas voulu, me répond-il.

J'apprendrai plus tard qu'il a échoué par deux fois. Il change de sujet :

– Ici je suis non pas le technocrate de service, mais le politique ; je veille quotidiennement sur elle et sur ses collaborateurs pour que tout fonctionne bien. Je dois tout savoir. J'ai la confiance totale du ministre.

Et, pour me rabaisser un peu plus, il poursuit ses amabilités à mon égard :

– Toi, tu n'es que la plume ; ce n'est pas négligeable, mais n'oublie jamais que le ministre, ça n'est pas toi. Celui qui peut parler en son nom, c'est moi. Je suis aussi chargé de sa communication et de ses relations avec la presse.

Pour bien me faire comprendre que, vis-à-vis de lui, je ne suis pas grand-chose, il conclut ainsi son réquisitoire :

– Tu veilleras à toujours rester dans l'ombre; à ne jamais te mettre en avant.

En le voyant quitter mon bureau je me demande comment on peut être aussi antipathique et imbu de soi.

## Chapitre 9

– Tu vois ces deux petits connards ? Ils taguent les murs. On va se les serrer ! lance le brigadier-chef Pierre Dumas à ses deux collègues gardiens de la paix au commissariat du 7e arrondissement.

Leur véhicule banalisé est arrêté au coin de la rue Saint-Guillaume et du boulevard Saint-Germain. Quand les deux garçons arrivent à leur hauteur, les policiers bondissent hors de leur voiture et se précipitent sur eux. Surpris, ils n'ont ni le temps de s'enfuir, ni celui de se débarrasser des bombes de peinture.

– Petits cons, vous n'avez rien d'autre à foutre que de saloper Paris avec vos slogans merdeux ?

Le brigadier ordonne à son collègue demeuré dans la voiture de demander des renforts.

– On va les embarquer. Un petit tour au poste pour leur foutre un peu de plomb dans la cervelle leur fera le plus grand bien.

Les deux jeunes n'ont encore rien dit. Ils ont été plaqués contre le mur, palpés, menottés les mains dans le dos.

– Vous n'avez pas le droit de nous traiter comme des bêtes, grogne l'aîné.

– Mon cul, petit con. On te pique en flag de barbouillage des murs et des vitrines, et tu as en plus le culot de rouspéter ! Au poste, tu seras moins flambard ! Franchement, tu ne manques pas d'air, lui réplique le brigadier.

– Vous n'avez pas le droit de me tutoyer, mon père est avocat...

– Moi je suis le fils du pape, rétorque l'autre fonctionnaire de police. Il lui faudra du talent, à ton paternel, pour te défendre !

– Je dirai que vous m'avez frappé !

Et il se cogne violemment la tête contre le mur contre lequel il est plaqué.

– Toi, t'es un pro lui lance le même policier. Tu as bien appris ta leçon. Je vais faire un rapport détaillé sur ton attitude, et il ne sera pas piqué des vers !

Le car de police arrive en faisant, malgré l'heure, fonctionner son deux tons. Embarqués au commissariat, les délinquants sont rapidement entendus par l'officier de police judiciaire. Heureusement, ils sont majeurs, respectivement âgés de vingt-trois et dix-neuf ans.

– Pourquoi avoir tagué des vitrines et des murs, et inscrit en quatre endroits « La Révolution est en marche », « Les révolutionnaires ont de la mémoire », « Élections – piège à cons » ? questionne le policier.

Ils sont peu loquaces. Le plus âgé se borne à affirmer qu'il « n'a rien à déclarer aux flics » et refuse même d'indiquer son domicile, prétendant « dormir chez des potes, ici où là ». Il précise qu'avec son copain il a « trouvé ces bombes par terre, peu avant d'avoir été brutalement arrêté et frappé par des flics qui voulaient bouffer du jeune ». Le second, un peu plus disert que son camarade, finit par admettre avoir eu envie « d'emmerder les bourgeois là où ils crèchent », qu'ils ont agi ainsi « à la demande d'un mec » dont ils connaissent seulement le surnom, « Pilote ». Ils l'ont connu pendant les manifs contre le contrat première embauche. Malgré les efforts du fonctionnaire de police, il n'en dit pas plus long. Dans son rapport à son supérieur, le policier précise qu'il s'agit en fait de deux paumés, probablement manipulés par des anarchistes.

## Chapitre 10

N'ayant plus de cours à donner au collège, je passe la majeure partie de mon temps au ministère pour tenter de me familiariser avec les gens et le monde de la politique. Les élections législatives ont amené au palais Bourbon une majorité de députés se réclamant du parti du Président, mais ceux-ci, à en croire la presse, sont moroses. Voilà qui me surprend. Finalement, il ne suffit pas de remporter les élections pour être satisfait, mais il importe que le score final confirme par surcroît les résultats des sondages. Il n'en reste pas moins que, de droite ou de gauche, en dehors de trois ou quatre personnalités médiatiques, ces députés sont de complets inconnus pour moi, c'est le moins que je puisse dire. Je feuillette le trombinoscope de l'Assemblée pour me familiariser avec eux, tente de mémoriser certains visages, consulte l'annuaire des cabinets ministériels pour connaître les collaborateurs des ministres et secrétaires d'État. J'essaie même à plusieurs reprises de lire le règlement de l'Assemblée nationale, je regarde la Chaîne parlementaire... J'ai l'impression d'avoir intégré une société étrange avec ses rites, sa liturgie, ses règles non écrites : ainsi, un ministre, même lorsqu'il n'en est plus un, se fait appeler « monsieur le ministre ». Les députés qui ont été ministres font graver sur leur papier personnel « ancien ministre », même s'ils n'ont occupé cette fonction que fortuitement ou pour peu de temps ; il est vrai qu'ils seront plus longtemps « ancien ministre » que « ministre » ! Les secrétaires d'État se font aussi appeler ministres. Je ne me doutais pas non plus combien être bénéficiaire d'une carte tricolore est essentiel pour un collaborateur de ministre, la lutte pour les mètres carrés de bureaux aussi féroce au sein des cabinets ministériels et avoir l'« inter », c'est-à-dire le téléphone interministériel, aussi fondamental pour le prestige de chacun, et peu importe si on en a réellement l'utilité, là n'est pas le problème : c'est un attribut visible de la puissance, le signe de reconnaissance de l'importance politique...

À observer, ce microcosme des entourages ministériels me fascine, mais contrairement à ma première impression, je me rends compte qu'il n'est pas seulement peuplé de petits marquis babillards...

*

* *

Il est neuf heures, nous sommes samedi, les couloirs et les bureaux du ministère sont déserts. Je rédige *son* premier discours. Elle doit être auditionnée par les députés de la majorité mardi prochain. Le Premier ministre, pour faire un geste aimable et habile vis-à-vis des parlementaires, a décidé que chaque membre du gouvernement présenterait, en sa présence, pendant dix minutes au maximum, son programme de réformes. Il leur a précisé qu'ils seraient tous jugés au bout d'un an selon leur capacité à mettre en œuvre les réformes annoncées.

– Ce sera mon baptême du feu, nous devons le préparer avec minutie, m'a-t-elle dit.

Je me suis donc mis depuis vingt-quatre heures à réfléchir aux thèmes de son intervention. N'ayant pas la moindre réflexion personnelle sur ce que devrait être un programme de rénovation de l'État, ni sur la teneur des propositions réalistes à avancer, mon ordinateur est devenu mon plus fidèle et efficace collaborateur, bien plus utile en l'occurrence que l'interministériel. Je ne cesse de visiter certains sites : j'ai consulté celui du parti majoritaire, les propositions de son candidat devenu Président ; j'ai examiné celles des autres partis. C'est fou ce qu'ils ont tous comme idées, pendant les périodes électorales, me suis-je dit. J'ai ainsi glané ici et là des idées sympathiques qui pourront être proposées aux parlementaires. J'y ai beaucoup travaillé, persuadé que la plupart des députés se passionneraient pour ce sujet et seraient particulièrement attentifs aux arguments de ma ministre. J'ai finalement bâti un propos dont je suis assez satisfait. Je dois le lui présenter ce samedi vers onze heures. Elle m'a dit qu'elle passerait en fin de matinée et que nous pourrions travailler tranquillement ensemble.

Je suis donc installé à ma table de travail à peaufiner mon texte. Au collège, on aurait dit à « relire ma copie » avant qu'elle ne soit relevée par le professeur. Quand le téléphone sonne, je décroche le combiné, c'est le concierge :

– J'ai une communication pour madame la ministre.

J'ai dit qu'elle n'était pas là, mais mon correspondant insiste pour parler à l'un de ses collaborateurs.

– Je vous le transfère – et, sans me laisser le temps de dire quoi que ce soit, il me le passe en effet.

– Je sais, dit une voix, elle n'est pas encore arrivée. Je vous demande seulement de lui indiquer que j'ai cherché à la joindre – son portable ne répond pas – pour lui rappeler nos engagements. Vous insisterez bien sur le fait que l'ingratitude est une attitude dangereuse, on ne sait jamais ce dont demain sera fait. Vous avez bien noté ? Au revoir.

Comme avec le concierge, je n'ai pas le temps de placer le moindre mot, de demander son nom à mon interlocuteur : il a déjà raccroché. Cette excitation de mes deux correspondants, je suis enclin à la mettre sur le compte du beau temps, de la chaleur que l'on pressent déjà à cette heure. Je me replonge dans le projet de discours, en peaufine le style, vérifie la ponctuation. J'y accorde une attention toute particulière : cela permet de rendre un texte audible, a fortiori quand il traite d'un sujet ardu.

– Bonjour, Olivier, me voici, me lance-t-elle. avec un sourire charmeur, sur le pas de ma porte que j'ai laissée entrouverte. Je ne l'ai pas entendue arriver. Elle ajoute :

– Tout va bien ? On se met au travail ?

– J'arrive, madame la ministre.

Je rassemble les notes éparpillées sur ma table en pensant que, dans mon émotion, j'ai oublié de lui dire bonjour. Nous nous installons dans son bureau de part et d'autre de la table de conférence qui se trouve près de la fenêtre qu'elle a entrouverte. Elle ôte sa veste, l'accroche délicatement sur le dos de sa chaise. Elle me propose de faire de même avec la mienne. Je m'exécute puis lui tends les dix feuillets rédigés à son intention. Je la regarde pendant qu'elle lit ma prose. Sa discrète élégance, ses yeux bleus limpides, ses fines mains sans aucun bijou – au poignet droit seulement une très fine gourmette en or –, son allure éthérée me troublent.

– Tout cela me semble bien, un peu long, mais je réduirai, précise-t-elle.

Cette appréciation suscite chez moi une grande satisfaction intérieure, probablement un peu rougissante à l'extérieur, au niveau des joues. Nous relisons ensemble le texte, mais elle ne me suggère que de menues corrections de détail. Manifestement, sur le sujet de la rénovation de l'État, elle n'a pas beaucoup plus d'idées arrêtées que moi, ce qui me rassure. Après chaque phrase de mon texte, elle me regarde, je détourne les yeux et, dès qu'elle reprend sa lecture, je l'observe. À la fin de sa relecture, elle me dit :

– Demain matin, j'ai une réunion à Matignon, je montrerai vos propositions au Premier ministre...

– Ce sont les vôtres !

– Oui, vous avez raison. J'examinerai donc avec lui *nos* propositions, précise-t-elle avec un petit sourire. Je pense qu'il en sera satisfait. Je vous remercie d'être venu un samedi matin travailler avec moi. J'espère que vous ne m'en voulez pas trop...

– Pas du tout, bien au contraire. Votre intervention à l'Assemblée se doit d'être un succès. Si vous le souhaitez, je puis passer demain après votre réunion, et, en fonction des observations qui auront été faites, corriger le texte et vous en soumettre une nouvelle version dès lundi matin.

– Ne vous dérangez pas : lundi, nous ferons ensemble les modifications voulues par le Premier ministre.

– J'ai omis de vous dire que, juste avant que vous n'arriviez, j'ai reçu un coup de téléphone d'une personne qui n'a pas donné son nom mais qui voulait simplement vous rappeler...

Elle m'interrompt avant que j'aie eu le temps de terminer ma phrase.

– Il a téléphoné ici ? Je suis désolé qu'il vous ait dérangé...

Elle se lève, se tourne vers son bureau ; elle a l'air gênée. Elle me souhaite un bon dimanche et me donne à nouveau rendez-vous lundi pour les ultimes corrections.

## Chapitre 11

Me voici franchissant pour la première fois les portes du palais Bourbon. Chaque ministre n'ayant droit d'être entouré, pour cette séance exceptionnelle, que d'un collaborateur, elle m'a demandé de l'accompagner, au grand dam de son chef de cabinet.

Toutes les lumières sont allumées alors qu'il fait plein jour : ce n'est pas ici que l'on donne l'exemple des économies d'énergie, me suis-je dit en parcourant les couloirs qui mènent à la fameuse « salle Colbert ». Une huissière, s'apercevant que je découvre les lieux, s'approche de moi, heureuse de me faire partager la fierté qu'elle éprouve à appartenir à cette maison.

– Vous voyez, me dit-elle, ce petit amphithéâtre date de 1932, il peut accueillir plus de trois cents députés.

Elle ajoute en m'incitant à pénétrer dans la salle :

– Admirez, derrière la tribune, cette belle tapisserie des Gobelins intitulée : *Les Jardins toscans*. Avant, il y avait un tableau montrant Jaurès à la tribune de la Chambre face à Clemenceau. C'est le président Debré qui l'a fait restaurer et accrocher à l'entrée de la bibliothèque, au milieu des bustes des Marianne de la République française et des statuettes de Daumier. Ce sont des acquisitions de notre ancien Président. Lui au moins l'aime ce palais, il le connaît bien et le respecte. Mais je vous laisse ; si vous voulez en savoir plus long sur cette maison, venez me voir. Vous savez, moi aussi, je l'aime bien, mon palais Bourbon : mon père y travaillait déjà ! Un dernier mot : il faut que vous sachiez que la salle Colbert est toujours réservée au groupe majoritaire. Ainsi, au gré des élections, elle est occupée tantôt par les députés d'une tendance, tantôt par ceux d'une autre. C'est ici que se mesure le mieux l'importance des alternances politiques et que se jauge la force ou la faiblesse de la cohésion des majorités. À humer l'ambiance des réunions de groupe, on sait finalement assez vite si les débats dans l'hémicycle seront ou non difficiles, conclut-elle en observatrice avisée de la vie parlementaire.

Son amabilité me change de l'humeur des huissiers de ministère, toujours fatigués et souvent râleurs. Depuis que j'observe leur façon de marcher, j'ai l'impression qu'ils ont tous mal aux pieds, ou sont tous atteints d'une sciatique.

Les députés arrivent progressivement, s'embrassent, se congratulent, se moquent parfois les uns des autres. On perçoit bien le bonheur des anciens d'avoir été réélus, et l'émerveillement intimidé des nouveaux. Semble régner dans cette salle Colbert une solidarité et un esprit de camaraderie assez remarquables. Lentement, ils s'installent. Cela ressemble à une rentrée des classes et ne me dépayse pas trop par rapport à ce que j'ai connu dans ma carrière d'enseignant. Étant inconnu de tous, nul ne me porte la moindre attention. Je regarde, observe, tente de mettre des noms sur des visages. Difficile, même après avoir potassé le trombinoscope.

– Les collaborateurs des ministres restent debout à l'entrée, ils ne s'installent pas dans la salle, ne parlent pas et surtout n'interviennent pas ! me dit un personnage aux cheveux gris, portant nœud papillon, en me toisant ; il ajoute sur un ton toujours aussi accueillant : Et toi, tu es qui ?

J'ai l'impression d'avoir en face de moi un flic qui m'interpelle lors d'un contrôle de police. Je décline mon identité et ma fonction, et lui rétorque :

– Et toi, qui es-tu ?

– Je suis le secrétaire administratif du groupe, me répond-il d'un ton sec avant de me tourner le dos et de s'en aller.

Les députés continuent d'arriver, le brouhaha gagne en intensité.

Le président du groupe, manifestement heureux d'avoir été désigné à ce poste, ne cesse de dire merci, de faire de petits signes de reconnaissance à ses collègues déjà installés dans les travées du haut de l'hémicycle. Brouhaha, interpellations, éclats de rire. Une dizaine de députés se rassemble dans le haut à gauche. Ils manifestent leur joie de se retrouver. Des groupes se constituent, vraisemblablement par affinités locales. Les applaudissements sont nombreux et sincères à l'apparition du Premier ministre qui s'installe, sur l'estrade, à droite du président du groupe. Les ministres arrivés dans son sillage envahissent le premier rang, face à l'estrade.

Le président du groupe prend la parole, remercie tout le monde : le président de la République, qui n'est naturellement pas là, d'avoir gagné, le Premier ministre d'avoir été désigné chef du gouvernement, les ministres d'avoir été nommés ministres, les députés d'avoir été élus, son prédécesseur d'avoir été son prédécesseur. Il remercie même ses collègues qui ne se sont pas représentés et ceux qui ont été battus pour le travail exceptionnel qui a été le leur lors de la précédente législature. Je me demande qui il va encore pouvoir remercier. La litanie des remerciements continue cependant, puisqu'il exprime sa reconnaissance à la secrétaire générale du groupe assise à sa gauche et à ses collaborateurs. Après cette interminable intervention, le Premier ministre, qui a parfaitement ressenti la longueur des propos du président du groupe, dit simplement dans un éclat de rire général :

– Merci à toi, à vous, à nous et aux autres. Merci à celles et ceux qui attendent légitimement l'expression de notre reconnaissance et que nous avons oubliés dans nos remerciements.

Les ministres se succèdent ensuite sur l'estrade pour donner en dix minutes des indications sur les réformes qu'ils envisagent de proposer au Parlement. Ils restent dans des généralités sans intérêt ou n'ont rien à dire et s'évertuent à le cacher par des propos insipides. Rapidement, d'ailleurs, l'attention des députés se relâche, les conversations particulières se multiplient ; certains, pas toujours discrètement, quittent la salle. Je les trouve extrêmement mal élevés. Le Premier ministre a beaucoup de mal à dissimuler, en baissant la tête, de généreux bâillements. J'attends avec inquiétude l'intervention de *ma* ministre. Lorsqu'elle débute son propos, j'entends un député demander à son voisin :

– C'est qui, celle-là ? Tu sais, toi ?

Et celui-ci de répondre :

– C'est un gadget gauchiste du Président qui préfère ses adversaires à ses amis...

– Ce sont et l'ouverture et la rupture, les deux mamelles de la majorité présidentielle ! susurre un autre député. Elle a trahi son camp pour un maroquin ministériel. Tout cela est ridicule, pas besoin de ministre pour réformer l'État : y a qu'à supprimer l'ENA...

L'un de ses collègues, assis non loin, s'en mêle et donne sa solution pour rénover l'État :

– En virant la moitié des fonctionnaires, on libère l'État.

Un député qui les a entendus – il doit être fonctionnaire – leur lance :

– On peut aussi supprimer les députés qui disent des conneries !

L'exposé de ma ministre n'intéresse pas grand monde, cela se perçoit très nettement, même par un non-expert des affaires parlementaires comme moi. Elle aussi s'en rend parfaitement compte, d'ailleurs elle quitte la salle Colbert sitôt après son intervention.

Dans la voiture qui nous reconduit au ministère, elle m'avoue que l'épreuve a été difficile à supporter et se demande comment elle va pouvoir faire pour conquérir la confiance des députés de la majorité.

– Vous avez entendu, il y en a même un qui m'a traitée de gauchiste et qualifiée de traître : ce n'est pas très aimable ! Je vais finalement avoir à me battre au Parlement sur deux fronts : les députés de droite me reprochent d'où je viens, ceux de gauche ne me pardonnent pas où je suis. Cela ne va pas être facile à gérer, car en plus je dois subir mon frère et l'un de ses amis qui voudraient bien profiter de ma fonction. Compliqué...

– Ne vous inquiétez pas, cela me fait songer à la rentrée des classes d'un nouvel enseignant. C'est stressant, toujours déroutant, souvent déstabilisant. Les choses se calment après, un équilibre s'instaure, cela se normalise. J'ai confiance : nous sommes là pour vous aider...

– J'aime bien votre optimisme, me dit-elle en arrivant au ministère.

Je lui cite alors la lumineuse maxime d'un de nos plus sages philosophes, Alain : « Le pessimisme est d'humeur, l'optimisme est de volonté. »

## Chapitre 12

– À huit heures, ce matin, des jeunes, une dizaine, ont envahi le hall du ministère ; l'opération n'a pas duré plus de cinq minutes. J'ai eu juste le temps de venir voir et de vous appeler, indique le concierge au chef du cabinet. Il poursuit ainsi sa relation des événements : « Comme vous me l'avez demandé, j'ai alerté le commissariat. Les policiers sont arrivés rapidement, mais il n'y avait déjà plus personne. Les jeunes s'étaient éparpillés comme une volée de moineaux. »

Le chef de cabinet et le commissaire de police du quartier regardent les slogans badigeonnés en rouge sur les murs blancs : « Ici et maintenant », « Vive la Révolution ! » Le policier se tourne vers le concierge et demande :

– Pourriez-vous identifier certains de ces individus ?

– Je les ai aperçus de loin et ils avaient des foulards sur la figure. En fait, ils s'enfuyaient quand je suis arrivé. J'avais ouvert la porte, comme tous les matins, et je suis allé remettre les clefs en place dans ma loge...

– L'entrée est donc restée un moment sans surveillance...

– Euh... Oui... Pas longtemps !

Il a intérêt à éluder la réponse et à éviter d'être trop

précis. En fait, il n'a pas attendu l'arrivée de l'hôtesse pour s'absenter, il précise donc au policier avoir vu un jeune partir en courant et lui faire un pied de nez. Il ajoute cependant, pour n'être pas trop en contradiction avec ses premières affirmations :

– Ils devaient être nombreux...

– Pourquoi me dit-on qu'il y avait une dizaine de jeunes ? questionne le policier, irrité, en se tournant vers le chef de cabinet qui lui répond en regardant le concierge :

– C'est la précision que l'on m'avait fournie.

– Il y avait un jeune, ou il y en avait dix ? Ça n'est pas pareil. Vous en avez vu combien : un ou dix ? interroge sur un ton exaspéré le chef de cabinet.

Le concierge, de plus en plus mal à l'aise :

– En fait, je n'en ai vu aucun. J'ai ouvert la porte et je suis allé faire pisser mon chien. Quand je suis revenu, le hall était déjà tout salopé. Pour éviter d'autres questions embarrassantes, il ajoute : C'est terrible, quelle époque ! Il faut dire qu'avec tout ce qu'on nous montre à la télé les jeunes ne respectent plus rien...

– Même pas les chiens qui pissent, précise le policier, et, à l'intention du chef de cabinet : Déposez-vous plainte ?

– Je ne sais pas, mais voici madame la ministre qui arrive, elle va vous répondre directement.

Elle descend de voiture, pénètre immédiatement dans le hall, regarde. J'arrive à ce moment-là, elle ne me voit pas, je m'approche du policier, du chef de cabinet et du concierge qu'elle n'a même pas salués, qui se tiennent un peu en retrait et attendent sa réaction. Elle se retourne, le chef de cabinet lui présente le commissaire de police. Celui-ci lui demande :

– Madame la ministre, déposez-vous plainte ? Auriez-vous une idée de qui aurait pu commettre de tels actes ?

Sans hésiter une seconde, elle répond :

– Je n'en ai pas la moindre idée, ni le moindre soupçon. Naturellement, nous déposons plainte. Ces agissements sont inadmissibles.

Se tournant vers son chef de cabinet, elle lui donne l'ordre de faire disparaître ces tags sur-le-champ.

– Il convient peut-être d'attendre que la police ait pris des photos ? suggère-t-il.

– Et vous voulez que les journalistes se pourlèchent les babines avec tout cela ? Débrouillez-vous comme vous voudrez, mais, dans une heure, tout a disparu ! En attendant, ouvrez une autre porte et que personne ne passe par ici. C'est compris ?

Et, ignorant tout le monde, elle gravit l'escalier qui conduit à son bureau.

– Pas très commode, votre ministre, dit à mi-voix le policier au chef de cabinet.

Celui-ci, d'une moue et d'un haussement des épaules, manifeste son adhésion. Le policier regarde la ministre s'éloigner d'un pas décidé et ajoute :

– En attendant, je vais faire mon rapport, mais si vous pouviez faire prendre des photos, ce serait très utile pour nos investigations. J'ai bien demandé à l'Identité judiciaire de venir, mais ils sont surchargés de boulot, avec des effectifs insuffisants...

*

* *

Elle s'est cloîtrée dans son bureau une bonne partie de la matinée après avoir fait retarder la réunion qu'elle devait tenir avec le directeur des impôts pour étudier comment tenter de simplifier les déclarations fiscales, puis déplacer d'une heure sa rencontre avec le ministre chargé des collectivités locales.

Il est près de treize heures quand elle me fait demander par sa secrétaire de venir la voir.

Dès que j'ouvre sa porte, je remarque sa mine, celle des personnes contrariées ; elle vient à ma rencontre et me dit avec une colère contenue :

— J'espère que la presse n'a pas été informée et que tout est maintenant effacé... Je peux parler librement avec vous ? poursuit-elle, après un bref silence que je n'ose briser. Nous ne nous connaissons pas encore très bien, mais c'est vous qui avez voulu travailler avec moi, et c'est moi qui vous ai choisi. Le destin nous a placés sur la même route qui traverse le Palais-Royal. Mes autres collaborateurs m'ont été imposés par le secrétaire général de l'Élysée. Je n'ai avec eux aucune proximité, ce qui n'ôte rien à leurs compétences, mais je ne me sens pas aussi libre qu'avec vous... Vous le savez peut-être, j'ai un frère aîné. Il fait des affaires, comme on dit. Il n'était pas pour que j'intègre ce gouvernement, il a toujours été à gauche, parfois même à gauche de la gauche. Il en est d'ailleurs aujourd'hui revenu. Puisque je suis ministre, il voudrait bien en profiter pour faire fructifier ses affaires. Lui et un de ses copains me mettent la pression. Ils sont prêts à tout, à n'importe quelle connerie pour que je cède et les embauche ici. Je suis certaine que les barbouillages dans le hall et le long du boulevard Saint-Germain, ce sont eux : c'est bien dans leur façon d'agir. Si je ne trouve pas un moyen de les arrêter, ils seront capables de me mettre dans une situation politique délicate. Le camarade de mon frère est une sorte d'anarchiste qui ne respecte rien. C'est un profiteur...

Son désarroi me touche, la confiance qu'elle me témoigne en me faisant de telles confidences m'émeut.

Je la rassure et lui dis en avoir connu, lors des rentrées des classes, de ces élèves récalcitrants qui finissent toujours par intégrer les rangs. Je me propose même de rencontrer son frère et l'ami de celui-ci pour leur demander d'être plus raisonnables...

– Ça ne servirait à rien, me confie-t-elle. Guy, mon frère, a des fréquentations douteuses. Ses amis gauchistes, même s'ils ne sont plus militants, le demeurent dans leur mentalité. Ils contestent tout, systématiquement. Ils veulent profiter de tout, de tout le monde, et sans limites, au nom des sacrifices imposés à ceux qui n'ont rien par ceux qui possèdent. Ils sont pour tout ce qui est contre et contre tout ce qui est pour. C'est compliqué à gérer, mais leur slogan est depuis toujours : « Profitons de la situation, infiltrons-nous, pour, de l'intérieur de l'État et au nom du peuple, faire imploser le système qui opprime le peuple. » Cela donne des scandales, mais ils considèrent que tout leur est permis, puisqu'ils agissent au nom du peuple. Je ne veux pas être – pardon de l'expression – leur cheval de Troie au cœur de l'État. Mon frère, et surtout son excité d'ami, ne comprennent pas ce que je fabrique dans ce gouvernement s'ils n'en tirent pas des dividendes financiers et politiques immédiats.

– Attendez, nous n'en sommes pas là ; il importe de dialoguer avec votre frère, de lui faire comprendre qu'il ne doit pas vous nuire. Je vais lui parler : dites-moi comment le joindre, donnez-moi le numéro de son portable...

– Cela ne servira à rien, je le connais bien. Ne vous en mêlez pas trop !

Tout en me disant cela, elle attrape son sac, sort un calepin rouge, tourne les pages, me communique le numéro de téléphone et me recommande de ne surtout pas l'appeler du ministère, me précisant même :

– On sait jamais, avec les Renseignements généraux et les écoutes téléphoniques...

– Vous avez peut-être raison, je vais le faire depuis mon bureau.

– Non, de votre portable, et dans la rue, ce sera beaucoup plus prudent.

*

* *

À force de l'appeler, en vain, je connais par cœur le texte de son répondeur : « La révolution est en marche, et moi je suis dans le car des CRS ; dès que je serai libre, je vous rappellerai... » Je trouve son message plein d'humour et de dérision. Naturellement, je ne lui laisse ni mon nom ni mes coordonnées. Je ne veux pas qu'un « zigoto » comme lui m'importune.

La journée se déroule à peu près normalement. Les inscriptions sont rapidement enlevées. Le lendemain, la presse, à l'exception du *Parisien*, n'en fait pas état ; il est vrai qu'en cette période estivale marquée par une chaleur étouffante sur Paris, après la fièvre de la présidentielle puis celle des législatives, les journalistes comme tous les Français ont d'autres préoccupations. Ils sont saturés de politique.

Ma ministre a repris tranquillement ses activités. Quand je la croise, elle me demande si j'ai pu joindre son frère, mais n'insiste pas ; elle me donne même le sentiment de moins en moins s'en préoccuper.

Moi aussi, j'oublie cet épisode et me replonge dans mes activités quotidiennes, préparant ses interventions, rédigeant des réponses aux questions des parlementaires. Les fonctionnaires m'adressent des éléments techniques qui me permettent d'écrire le texte que je lui soumets. C'est elle qui a voulu qu'il en soit ainsi, estimant qu'il était essentiel que les députés et sénateurs reçoivent des réponses rapides, rédigées dans un langage clair, accessible et moderne. Elle me précise que le chef du gouvernement exige que les ministres portent une attention toute particulière aux demandes des sénateurs et des députés. Ainsi, chaque soir, vers dix-neuf heures, je lui présente les principales réponses, nous les examinons ensemble, elle les signe, je les fais enregistrer par son secrétariat, et elles sont immédiatement postées. Le chef de cabinet, très amer que cette mission m'ait été confiée, et se sentant mis à l'écart, a finalement donné sa démission.

Me voici paré du titre, inattendu pour moi, de chef de cabinet. Cette promotion, publiée au *Journal officiel*, me vaut une dizaine de lettres de félicitations de personnages qui me sont totalement inconnus, ainsi que l'installation de l'interministériel dans mon bureau. Désormais, je participe aux réunions des chefs de cabinet organisées chaque semaine à Matignon par la chef de cabinet du Premier ministre, une jeune femme volontaire, vive et sympathique. Elle m'a demandé de l'appeler par son prénom – Victoire – et de la tutoyer ; elle fera de même avec moi. Lors de la seconde réunion à laquelle j'assiste, le Premier ministre passe nous saluer ; elle me présente et il me dit en parlant de ma ministre :

– Il faut l'aider. Sa tâche n'est pas simple. J'ai beaucoup d'estime pour elle, le Président également. Il suit avec attention ses débuts en politique. Ce n'est pas facile de débarquer dans notre monde. C'est une femme courageuse et déterminée. Je compte beaucoup sur elle, et donc sur vous...

Il me serre chaleureusement la main et se retire. Je n'ai pas dit un mot, il n'avait d'ailleurs pas la moindre intention de m'écouter.

*

* *

À l'instar du Président qui part à l'étranger pour trois semaines, il est conseillé aux ministres et secrétaires d'État, par le secrétaire général de l'Élysée, de ne partir en vacances qu'à la fin de la première semaine d'août. Je passe donc mes journées au ministère en attendant le départ de ma ministre, qu'elle a fixé à la mi-août.

Elle arrive au ministère vers neuf heures et y reste jusqu'à vingt heures, mais souvent, dans la journée, elle s'absente et nous ne savons pas où elle va. Je n'ose le lui demander. Quand elle revient, je la trouve nerveuse, irritable. Lorsque je la rencontre, au moins chaque soir, elle ne me parle plus de son frère. Elle exerce sa fonction avec une grande détermination, lit beaucoup de rapports, consulte : le président de l'Association des usagers des services publics, les représentants des organisations syndicales de fonctionnaires, mais aussi les directeurs des principales administrations. Elle les interroge sur les réformes possibles à long terme, envisageables dans un avenir proche, souhaitables immédiatement, qui pourraient être annoncées par le Premier ministre lors de son discours de rentrée à l'Assemblée. C'est le directeur de son cabinet qui assiste en général à ces rendez-vous. Je le supplée à l'occasion.

*

* *

Les vacances promises arrivent enfin ; je retrouve ma vieille mère en Bretagne où elle vit depuis la mort de son mari, mais aussi ma sœur, mon beau-frère et mes deux petits neveux. Moments privilégiés, s'ils ne durent pas trop longtemps. La promiscuité est toujours difficile à supporter quand on vit seul toute l'année. Mes habitudes d'enfance reviennent vite, je me goinfre de tartines de beurre salé, de crevettes roses. Je lis les journaux locaux, et parfois *Le Monde*, *Libération*.

Elle ne m'appelle pas. J'en éprouve un peu d'amertume. Je n'ose lui téléphoner, je n'ai d'ailleurs pas ses coordonnées, mais, par le standard du ministère, j'aurais pu me les procurer. Je sais seulement qu'elle est partie sur le bassin d'Arcachon.

Le directeur de cabinet assure la permanence : il m'appelle régulièrement pour me souhaiter un bon repos et surtout savoir quand je rentre, afin de s'absenter lui-même quelques jours pour rejoindre sa famille.

*

* *

La fin du mois d'août se profile déjà à l'horizon, il ne reste que quatre jours. Je regagne Paris pour remplacer le directeur. Elle, elle est encore absente. Le ministère n'émerge toujours pas de la torpeur estivale. À écouter les informations à la radio ou à la télévision, la rentrée promet d'être agitée, politiquement et socialement. Comme l'indique un commentateur plus avisé que les autres : « On dit cela depuis vingt ans à cette même époque. » Il ajoute : « Que serait la vie politique et syndicale sans une dramatisation perpétuelle ? »

J'attends patiemment dans mon bureau en pensant à ma Bretagne d'adoption. Je lis, corrige un manuscrit sur Marcel Proust, commencé il y a plusieurs années et dont je sais que j'aurai de la peine à le terminer. Je papote avec la standardiste. Elle fait office de secrétaire de permanence. Même le concierge est absent, c'est son fils qui occupe la loge. Je tente à plusieurs reprises de nouer conversation avec lui, sans succès. Manifestement, je ne suis pas sa « tasse de thé », comme on dit. Je lui demande ce qu'il fait, sa réponse est cinglante : « Je cherche du boulot, mais cette putain de société ne veut pas m'en donner. » J'ose lui suggérer d'aller s'inscrire à l'ANPE ; sa réplique est sans appel : « Elle ne m'a proposé que des boulots minables et sous-payés. Je ne veux pas être exploité. » Le dialogue étant impossible, je regagne mon bureau et me replonge dans l'écriture de mon essai.

En rangeant mon tiroir, je trouve le papier sur lequel j'ai inscrit le numéro de téléphone de Guy, le frère de la ministre. J'hésite à l'appeler. Depuis un certain temps germe dans ma tête le projet d'un livre retraçant l'itinéraire de ma patronne. Il n'est pas banal : elle vient de la gauche extrême et se retrouve dans un gouvernement de droite. La curiosité l'emporte...

À ma grande surprise, il me répond. Je me présente et lui propose de dîner avec lui. Il accepte. Rendez-vous est fixé au *Récamier*, à Saint-Germain-des-Prés : le patron, Gérard, est un ami accueillant.

*

* *

– Tu as l'air fatigué, tu travailles trop, il faut te reposer...

C'est ainsi que Gérard me reçoit. Je lui demande de me réserver une table un peu à l'écart de celle des autres clients. Je ne veux pas que l'on nous écoute. J'ai donné rendez-vous au frère à vingt heures. J'attends patiemment en lisant *Le Monde*. Il est vingt heures passées de trente-cinq minutes. Mon invité n'est toujours pas là, je commence à m'impatienter. Je me persuade qu'il ne viendra pas.

Il arrive enfin, ne s'excuse pas pour son retard. Je me dis que ces gauchistes se foutent de tout et sont bien mal élevés. Je suis sur la défensive, il m'énerve d'autant plus qu'il a l'air très détendu. Il est même souriant. Il s'installe en face de moi. Il n'a pas hésité, ni regardé vers une autre table. Non, il m'a repéré tout de suite, s'est assis sans attendre mon invitation, me tend la main et me dit :

– Bonsoir, vous vouliez me connaître ? C'est fait ! Mais avant de deviser, nous pourrions d'abord commander une petite bière, j'ai couru pour ne pas vous faire trop attendre. Pourquoi petite, d'ailleurs ? Non, une bonne bière bien fraîche, vous en prenez une ?

Il appelle le serveur et commande deux bières pression, surtout bien fraîches, mais sans glaçon.

Sa manière de faire m'insupporte. Il s'en rend compte. Il ajoute alors avec un petit sourire :

– Allons, détendez-vous, nous sommes encore en été, il fait beau. Nous allons passer une merveilleuse soirée à parler de politique et de ma sœur. Vous voici épris d'elle. Félicitations, vous n'êtes pas le premier !

Je l'interromps :

– Si c'était le cas – mais ça ne l'est pas –, je ne vous trouverais pas très délicat. Je suis simplement son collaborateur et j'ai du mal à comprendre votre attitude à son égard.

– Mon attitude, mais quelle attitude ?

– Depuis qu'elle est au gouvernement, vous n'avez cessé de l'importuner. Pourquoi ?

Il se met à rire, ôte sa veste, prend une cigarette, ne m'en propose pas, d'ailleurs je ne fume pas, mais il n'a pas la politesse de me demander si la fumée me dérange.

– Je vois que vous ne la connaissez pas bien. Comme notre discussion risque d'être un peu longue, je vous propose que nous commandions le dîner, et nous aborderons ensuite le vif du sujet.

Sitôt nos choix transmis au serveur, le beau-fils du patron, Guy me regarde et me demande ce que je lui reproche précisément. Je lui rappelle la voiture qui flambe rue du Bac, les tags du boulevard Saint-Germain, ceux du hall d'entrée du ministère. Il m'écoute sans broncher, mais semble surpris. Il m'arrête au moment où Gérard, le patron, nous apporte notre dîner : pour lui un soufflé aux fruits de mer, pour moi une sole grillée.

– Vous avez tort, dit-il en scrutant mon assiette, il faut toujours essayer les spécialités du chef... N'est-ce pas ? ajoute-t-il en se tournant vers Gérard, qui naturellement acquiesce. Puis il poursuit en me fixant : Ma sœur et moi avons milité à La Voix des prolétaires. Comme nombre de jeunes, nous étions dans notre période gauchiste, voire anarchiste. Cela a duré trois ou quatre ans. Ce sont de bons souvenirs. Nous bouffions du CRS, nous rêvions à Mai 68 que nous n'avons pas connu. On jouait à se faire peur, à se croire poursuivis par les barbouzes du ministre de l'Intérieur. Nous dénoncions pêle-mêle le capitalisme, le libéralisme, la mondialisation et je ne sais plus quoi d'autre. Naturellement, nous espérions une société plus juste, un monde meilleur. Nous voulions faire la révolution, être les acteurs d'un changement radical, et, pour cela, nous espérions une crise sociale profonde. Nous étions sincères dans notre engagement. Il s'arrête, entame son soufflé : Il est pas mal, vous auriez dû... Oui, nous étions sincères. Pour en revenir à ma sœur, puisque c'est le sujet qui vous intéresse, même si je suis indélicat – mais vous n'êtes pas amoureux d'elle –, je peux donc préciser qu'elle s'était éprise d'un camarade d'ailleurs très séduisant et qui se faisait appeler "Pilote" ; ça n'est pas son vrai nom, mais peu importe. Dans le milieu de l'ultragauche, on le voit partout ; très proche des responsables de l'association Droit au logement, il est pote avec l'ancien évêque d'Évreux. Il s'est aussi beaucoup investi dans la structuration des mouvements qui réclament une taxation des transactions financières pour venir en aide aux citoyens les plus modestes. Dans la banlieue parisienne, notamment en Seine-Saint-Denis, il a favorisé la création de nombreux comités de quartier. Il n'est pas étranger non plus au développement de la tendance École émancipée, de la Fédération de l'Éducation nationale. Bref, un personnage omniprésent dans la galaxie révolutionnaire, bien connu des trotskistes, gauchistes et permanents de certains syndicats. Mais, à la différence d'autres, vous ne le verrez jamais au premier rang des manifestants, répondant en direct aux journalistes. Il n'a jamais été interpellé, à ma connaissance, par les flics. C'est un militant de l'ombre, un vrai stratège de l'agitation révolutionnaire.

Il s'arrête, reprend une cuillérée de soufflé, déguste et me demande si je suis ce qu'il me dit. Je lui réponds par l'affirmative, mais ajoute cependant :

– Revenons à vos relations avec votre sœur...

– Je vais y arriver, je n'ai pas oublié votre interrogation de départ, mais laissez-moi finir : ceci expliquera mieux cela. Donc, Pilote doit son surnom a son activisme au service de la cause révolutionnaire. Sa force, c'est sa discrétion, le goût de la clandestinité ; sa stratégie, c'est l'entrisme. La Voix des prolétaires rejoint le Parti des travailleurs. Il est convaincu que, faute de pouvoir déclencher une révolution globale, il convient de s'investir dans des micro-révolutions autour de thèmes tels que l'écologie, le développement durable, le logement, l'immigration. Changer la société de l'intérieur, et non par les élections... Ce personnage a envoûté ma sœur. J'ai tout vu arriver. Je lui ai dit de faire attention à ce garçon. Pour tout vous dire, je me suis même interrogé devant elle sur les motivations de Pilote. J'ai pensé qu'il s'agissait d'un indicateur de police, d'une taupe, comme on dit, et qu'il se servait d'elle pour bénéficier de renseignements. Elle a été scandalisée que je puisse douter de la sincérité de l'engagement idéologique de son amant. Bref, elle a été éperdument amoureuse de lui, n'a juré que par lui, son activisme la fascinait ; mais, un jour, il est parti avec une autre militante. Ce fut terrible : elle n'a jamais accepté d'avoir été trompée par lui. C'était son premier grand amour. La rupture avec lui fut pour elle un drame, une blessure profonde, au cœur de son orgueil, d'autant plus que, m'étant rendu compte de l'absurdité de notre combat militant qui ne débouchait sur rien, je m'étais, moi, déjà détaché de mes camarades. En même temps, elle perdait ainsi son frère et son amant. Elle a six ans de moins que moi, donc pas la maturité politique que confère l'expérience. Elle est très ambitieuse et surtout orgueilleuse, elle aime diriger, imposer, ordonner, commander. Elle est un peu un garçon manqué, sur ce plan-là. Elle a tenté de me faire reprendre le chemin du militantisme ; en vain. J'ai entamé des études d'anglais et d'espagnol et, pour les financer, j'ai travaillé le soir. Elle est partie à Lyon pour oublier. Elle est intelligente, très intelligente, et volontaire, jamais elle n'avouera s'être trompée. Elle a réussi Sciences-po Lyon ; je vous l'ai dit, elle a de très grandes facilités dans les études, mais est incapable d'autocritique.

Il reprend du soufflé et boit d'un trait sa chope de

bière tout en faisant signe au serveur de lui en apporter une autre.

– Elle est donc remontée à Paris, mais n'y avait plus d'amis ; ses camarades avaient pris un peu d'âge et, pour les plus intéressants d'entre eux, s'étaient plus ou moins égaillés dans la nature. Bref, j'étais son port d'attache, elle ne s'est jamais très bien entendue avec nos parents. Elle a tout tenté pour m'embrigader à nouveau dans un militantisme actif – en fait, pour pouvoir renouer avec Pilote. J'ai refusé, ayant tiré un trait sur cette période de ma vie. En réalité, elle voulait faire de la politique et n'admettait pas d'avoir emprunté une fausse route. Ça n'est pas une idéologue, elle a atterri à gauche par amour, mais aussi par réaction familiale ; elle n'a pas une sensibilité de gauche. Elle aime l'ordre et la discipline, c'est une bonne bourgeoise. Elle s'est enferrée dans son erreur. J'ai tout fait pour l'inciter à ne pas trop se tourner vers la politique. Mais elle voulait en faire et y arriver par ses propres moyens, c'était sa façon de me montrer qu'elle était forte. Je l'ai envoyée promener quand j'ai su qu'elle avait tenté de renouer avec son ancien amant...

– Le fameux Pilote ?

– Oui, naturellement. Il lui avait fait tellement de mal que je me suis mis en colère contre elle et ai refusé de la revoir tant qu'elle chercherait à se rapprocher de lui. En fait, elle ne lui pardonnait pas de l'avoir abandonnée et je me suis demandé si elle ne voulait pas prendre sa revanche, renouer avec lui pour mieux l'éliminer ensuite de sa propre initiative. La dernière fois que j'ai rencontré ma sœur, il y a peu, elle venait d'entrer au gouvernement. Nous avons pris un café près de la Sorbonne. Elle voulait me démontrer qu'elle ne s'était pas trompée dans son engagement politique : la preuve, elle était ministre et comptait bien s'élever dans la hiérarchie ministérielle. Elle n'a pas voulu me dire si elle avait rompu définitivement avec lui. Je suis persuadé que Pilote a alors vu en elle un pion qui pourrait être efficace pour pénétrer le milieu politique à un haut niveau. Je suis convaincu qu'il cherche à profiter de Claire. Je l'en ai avertie. Je crois qu'elle commence à s'en apercevoir, elle s'est prise à son propre jeu et l'amour réserve bien des mystères à déchiffrer. Vis-à-vis de moi, elle s'était lancée un défi et elle est prête à tout pour le gagner. Je la connais trop bien. Ma vie n'est pas ou plus à ses côtés, à faire ses quatre volontés. Finalement, elle n'aime qu'elle-même.

Il allume une cigarette, en tire une longue bouffée qu'il expire bruyamment, sans se soucier des dégâts qu'il occasionne aux poumons des autres, et poursuit son explication :

– Alors, votre voiture qui brûle et tout le reste, j'en ai rien à foutre et, franchement, j'y suis totalement étranger : ce n'est pas ou plus de mon âge ! Je ne fais pas ou plus de politique.

Je l'écoute sans broncher ; il a l'air sincère. Qui dit la vérité : lui ? Sa sœur ? Leurs versions divergent ; je ne sais plus. Il commande un soufflé glacé pour dessert, je me contente d'un café. Après un long silence, je lui pose une question qui me traverse l'esprit :

– Je veux bien vous croire, mais le texte de votre annonce, sur votre répondeur, fait encore référence à votre engagement politique : c'est en parfaite contradiction avec ce que vous venez de me préciser.

– Je ne suis pas à droite, pas encore, et je crois même que je ne pourrai jamais voter à droite. Avez-vous de l'humour ? Je l'espère pour vous ! Alors, mon annonce a dû vous faire sourire. Un peu de dérision ne fait jamais de mal.

À ce moment, il fouille la poche de son pantalon et en sort deux portables :

– Vous voyez, le rouge est naturellement pour mes potes, qui sont pour la majorité d'entre eux socialos, écolos ou bobos de gauche ; l'autre est blanc, couleur neutre, pour mes relations de boulot. J'ai créé une petite société qui organise des visites de Paris pour les étrangers. Cela n'a pas marché. Je me suis lancé dans l'import-export avec les pays de l'Est. C'est difficile, il y a des hauts et des bas. La politique militante ne m'attire plus guère. Je n'ai plus la niaque pour passer des heures à coller des affiches illisibles, à défiler le poing levé et à chanter *L'Internationale*, à discuter des nuits entières sur la façon de partir à l'assaut du capitalisme. Un dernier mot, si vous me permettez, avant de nous quitter et en vous remerciant pour votre aimable invitation : ma sœur est faible, légèrement mégalo, et elle vous manipule, vous et les autres, avec talent et probablement cynisme. Malgré tout, j'ai beaucoup d'affection pour elle et je veux qu'elle se détache par tous les moyens de cet énergumène qui cherche à s'incruster...

– C'est peut-être vous qui ne dites pas la vérité et qui me manipulez ?

– Quel serait mon intérêt ?

– Vos agissements ont été démasqués, et vous voulez fuir vos responsabilités.

– Vous faites erreur. N'oubliez jamais que je la connais mieux que personne. Elle est inégalable dans l'art de la dissimulation, elle est avide de pouvoir comme le fumeur est accro de nicotine.

Pour la cinquième fois de la soirée, il allume une cigarette puis se lève, me serre la main, s'éloigne, et je le vois partir à bicyclette.

*

* *

Qui délire ou ment ? Où est la vérité ? Ces questions me préoccupent toute la soirée. Je reste un moment assis à la terrasse du *Récamier*. Gérard, le patron, vient un instant me tenir compagnie, il a encore du travail en cuisine. Il m'apporte un calva de sa réserve personnelle. Je demeure seul. Je suis bien, il commence à faire frais. Je hume l'odeur de pomme qui émane du calva, cet incomparable produit du terroir normand.

Je repasse dans ma tête les différentes hypothèses, sans trouver de solution satisfaisante.

Claire n'aurait-elle pas tendance à se réfugier dans le récit d'un passé qui n'est pas totalement le sien, mais celui qu'elle aurait aimé qu'il fût ? Comme elle en a conscience, elle en rend responsable son frère, coupable à ses yeux de l'avoir empêchée d'avoir le passé qu'elle désirait ? Je ne sais où je vais chercher tout cela. Il peut y avoir une explication moins alambiquée. Elle est tout simplement amoureuse de son frère et n'accepte pas que celui-ci ait une vie sans elle. Jalouse, elle se venge... Non, cela ne tient pas debout. Mais pourquoi le croire, lui, plus qu'elle ? Il a milité dans des organisations d'extrême gauche où s'apprend l'art de la dialectique, de la discussion au service de la manipulation, et je me convaincs qu'il s'est joué de ma naïveté. Comme il sait que je sais qu'il est à l'origine de l'incendie de la voiture et des dégradations perpétrées dans le hall du ministère, il fait diversion, charge sa sœur de tous les péchés du monde. Je me dis que c'est une tactique habile. En fait, il veut l'utiliser, la soumettre à sa volonté. Il la terrorise... Est-ce bien une explication satisfaisante ?

*

* *

J'arrive le premier au bureau ; ce n'est pas un exploit, en cette fin août. Je n'ai qu'une concurrente au cabinet du ministre : la secrétaire et standardiste de permanence, mais elle a une conception élastique des horaires administratifs des fonctionnaires pendant les vacances d'été. Cette tranquillité me convient assez bien. L'enquête que je mène sur la ministre commence à m'exciter. J'appelle mon ami flic qui m'a déjà quelque peu renseigné sur elle et sa famille. J'apprends qu'il a changé de service ; son remplaçant ne veut pas me donner ses nouvelles coordonnées. J'ai son numéro de portable : cela va me permettre de contourner la paresse du fonctionnaire. Ledit portable ne répond pas. Je lui laisse le message suivant, certain par avance de sa réaction : « Salut. Après les récupérations pour jours indûment travaillés, voici venu le temps du repos pour vacances d'été qui précède celui des congés d'hiver qui sera lui-même suivi par le repos des vacances de Pâques, sans oublier les absences pour rhume des foins. Un conseil, repose-toi bien de tous ces congés, récupérations, arrêts... »

Je n'ai pas raccroché depuis cinq minutes que mon portable vibre et que j'entends une voix courroucée :

– Si tu veux comparer l'activité des flics et celle des profs, tu ne vas pas être déçu !... Tu croyais que je m'étais assoupi sous le soleil de ma Corse natale ? Trompé ! J'ai changé de service. Je suis au cabinet du préfet de police, oui monsieur : mon patron est le préfet lui-même. Ça t'en bouche un coin ?

Après une telle charge, je ne peux que lui adresser mes plus sincères félicitations. Il m'en laisse à peine le temps, car il ajoute :

– Mais toi, j'ai vu au *Journal officiel* que tu étais devenu le chef de cabinet de la ministre de je ne sais pas quoi. Bravo ! Belle et rapide promotion ! Dis-moi, pour y arriver, t'as couché avec elle ?

– Arrête tes conneries, s'il te plaît. Je te pose, moi, la question de savoir si tu as flirté avec le préfet de police pour être muté à son cabinet ?

– Un partout, égalité. Bravo, tu es très doué pour retourner des situations périlleuses et des questions indiscrètes : tu aurais fait un bon flic, ou un bon voyou. Tu as quelque chose à me demander ?

– Non, je voulais prendre de tes nouvelles.

– Tu plaisantes, je te connais trop. Que veux-tu ?

– Voilà : peux-tu me fournir plus d'informations sur le frère de ma ministre ? A-t-il toujours une activité militante ? Quelles sont ses fréquentations ? Quel genre d'affaires fait-il ? Est-il encore gauchiste ?

– Cette maladie-là ne se soigne pas facilement. Je n'ai pas d'autres renseignements et ne peux pas trop insister, cela deviendra suspect et finira par me retomber dessus. Désolé : il faut que je te quitte, le préfet me sonne. Salut, à plus...

Je ne suis pas plus avancé. J'ai alors une idée que j'espère positive pour mes investigations : celle d'interroger le patron de la Criminelle et de lui demander, de la part de la ministre, des informations sur l'enquête ouverte à la suite de l'incendie de la voiture. Comme elle est toujours absente et qu'il n'y a pas grand-chose à faire – seulement trois lettres de députés sont arrivées aujourd'hui –, cela me laisse quelques loisirs. Je sonne la secrétaire ; par chance, elle est enfin à son poste.

– Pouvez-vous m'appeler le commissaire qui dirige la Brigade criminelle, quai des Orfèvres ?

– Tout de suite, il y a rien de grave ?

– Rassurez-vous, rien du tout : c'est un ami.

Ce mensonge est destiné à lui éviter de cancaner partout qu'il se passe quelque chose de suspect, puisque j'ai appelé le patron de la Criminelle.

*

* *

Il est lui aussi en congé, mais son adjointe me précise que l'enquête sur l'incendie de la voiture ne donne absolument aucun résultat : impossible d'en trouver l'origine faute d'en avoir décelé le mobile. Les policiers écartent l'hypothèse de l'attentat islamiste, s'orientent plus volontiers vers la piste d'un différend entre voyous, d'une intimidation en vue d'une extorsion de fonds ou d'une tentative d'escroquerie à l'assurance. Le lien avec une secte n'a pu être confirmé et n'a donc pas été infirmé. Le propriétaire du véhicule a été mis hors de cause. Les enquêteurs privilégient un « périmètre local ». Je lui fais préciser ce qu'elle entend par là ; elle me répond :

– L'auteur ou les auteurs connaissaient apparemment les lieux et n'ont pas voulu faire de victimes. La façon d'opérer était très rudimentaire...

J'interroge également le commissaire du 7e arrondissement au sujet de l'enquête sur les tags barbouillés dans le hall du ministère. Celle-ci ne débouche toujours sur rien de concret : là aussi, les policiers ont le sentiment que leur ou leurs auteurs connaissaient les habitudes du concierge.

– Nous l'avons observé, me dit le commissaire. Comme si rien n'était arrivé, par la force de l'habitude, chaque matin, selon un rituel immuable, il ouvre la porte donnant sur la rue à huit heures, promène son chien pendant quinze minutes ; après l'avoir ramené dans la loge, il revient dans le hall : il est alors pratiquement huit heures et vingt minutes. Il attend l'hôtesse qui prend normalement son service à huit heures et trente minutes.... L'action a été rapide et s'est déroulée entre huit heures et huit heures quinze. Voilà pourquoi votre concierge n'a rien vu, conclut-il.

Ces indications ne me fournissent aucun renseignement qui me permette de mieux cerner la personnalité du frère de ma ministre, lequel demeure pour moi le principal suspect, même si je n'ai pas la preuve tangible de sa culpabilité. À moins que Claire soit à ce point mythomane qu'elle invente une histoire dont une partie seulement correspond à la vérité ? Il est indéniable qu'une voiture a brûlé, que des tags sont apparus dans le hall du ministère et aux alentours. Ce sont là des faits réels. Elle m'a dit par ailleurs être harcelée par son frère et par Pilote, mais cela n'est pas démontré. Les témoignages divergent. Finalement, ne suis-je pas l'objet d'une partie de menteurs entre elle et son frère ? Je ne sais pratiquement rien de ma ministre. Vit-elle seule ? Que fait-elle, en dehors du ministère ? Pourquoi s'absente-t-elle régulièrement l'après-midi sans prendre sa voiture de fonction ? Elle m'a dit qu'elle aimait se promener seule dans Paris – mais pourquoi alors revient-elle souvent nerveuse et irritable ? Elle a travaillé dans un cabinet d'avocats : lequel ? De quel genre de dossiers s'occupait-elle ? Et cet ami sur lequel elle se montre bien discrète, Pilote, présenté par son frère comme son ancien amant, qui est-il en réalité ? Pourquoi avoir pris un nom d'emprunt ? Que fait-il ? A-t-il renoué avec elle ?

Tout cela reste confus et mériterait bien des éclaircissements, surtout dans la perspective de cette biographie que je projette, de plus en plus sérieusement, d'écrire sur elle...

## Chapitre 13

À la fin de cette nuit du 1er septembre, il est alors six heures et le bois de Boulogne opère sa mue. Les filles de la nuit se rhabillent et s'en vont ; celles du jour arrivent et se déshabillent. Les clients et voyeurs de la nuit, rassasiés et fatigués, partent ; ceux du jour, excités et agités, débutent leurs manèges pervers.

Déprimés, lassés par plusieurs heures de rondes à sillonner à une allure d'escargot les allées, rues, avenues, chemins du bois, les flics attendent la fin de leur service. La nuit a été calme. La routine. Toujours les mêmes travelos, proxos, putes, vicieux. Toujours la même bagnole de service inconfortable. Pourquoi sont-ils indéfiniment condamnés à travailler dans des véhicules bons pour la casse ? Pourquoi les voitures neuves, les chefs se les réservent-ils pour rentrer chez eux, oubliant l'époque où ils n'étaient pas chefs ? Pourquoi dépenser du temps et de l'énergie à surveiller le bois de Boulogne, depuis si longtemps, surtout la nuit, un lieu de débauche ? En cette fin de patrouille, les flics sont énervés.

– T'as pas fini de bouffer ? Il y a une heure, c'était un casse-croûte et ça pue encore le beurre rance ; maintenant, c'est du chocolat. On aura droit à quoi, tout à l'heure : du pâté, des rillettes, du saucisson ?

Toute la charcuterie va y passer ! Y en a marre... Tu deviens énorme !

– Ne vous énervez pas, chef. J'ai arrêté de cloper. Je compense. J'ai faim, et puis ce boulot m'angoisse... Je me fais chier dans cette bagnole, carrément chier ! Face aux putes, travelos, proxos, pédés qui michetonnent, aux détraqués et vicieux qui se pignolent derrière les arbres, aux exhibitionnistes les roubignoles à l'air, j'en arrive à me demander si je suis normal... Regardez, chef, là-bas, la pute qui gesticule, c'est Zoé, elle a dû encore se faire agresser par un client...

– Va voir pourquoi elle s'affole, ordonne le brigadier-chef.

Arrivé à hauteur de la fille, le brigadier-chef Pourot baisse la vitre de sa portière. Elle se penche en avant, laissant voir, sortant d'un chemisier transparent et totalement dégrafé, deux gros seins adipeux, artificiellement gonflés. Le chirurgien a dû mettre trop de pression ou bien les bourrer de silicone. Ils sont si peu excitants qu'il ne s'attarde même pas à les regarder.

– Que se passe-t-il, Zoé ?

– Mes poulets chéris, vous voilà enfin ! Pour nous emmerder, vous êtes toujours là, mais pour vous bouger le cul quand on vous sonne...

– Zoé, tu arrêtes tes vulgarités et tes commentaires, l'interrompt Pourot.

Il respecte les filles, les aime bien, d'ailleurs, depuis qu'il patrouille dans le bois, il les connaît à peu près toutes, mais n'accepte jamais leurs familiarités à l'égard de la police. « Il faut toujours les tenir à distance et leur taper sur les doigts si elles franchissent la ligne jaune », ne cesse-t-il de répéter, la nuit, à ses jeunes collègues.

– Il y a un mec dans le buisson derrière. Il est complètement naze, et même froid. Me faire ça chez moi, ça me fout les boules, les mecs qui viennent se cravater ou crever sur nos lieux de boulot. Quelle époque, on peut même plus tapiner en paix !

Sans écouter Zoé qui poursuit ses commentaires imagés, le brigadier-chef ordonne à son collègue, le chauffeur du véhicule, de se garer, d'avertir l'état-major, puis au policier stagiaire qui fait ce soir-là partie de la patrouille de nuit, de le suivre. Il se dirige vers l'endroit indiqué par Zoé. Arrivé à proximité, il vérifie que son arme de service est bien en place à sa ceinture. Il fait déjà jour, il n'a pas besoin de sa lampe torche ni de beaucoup chercher le corps, car les pieds dépassent du buisson. Il écarte les branchages. Il ne lui est pas nécessaire de lui tâter le pouls ou la carotide, de lui soulever les paupières pour émettre un diagnostic précis. Il se tourne vers le stagiaire resté en retrait et dit seulement : « Il est cuit. » Il a tellement vu de cadavres qu'il est certain de ce qu'il avance. Il regarde aux alentours et précise sans hésiter : « On l'a foutu là. »

Encore à l'école des gardiens de la paix, son jeune et futur collègue n'a ni son expérience ni sa connaissance des cadavres ; il n'est pas très à l'aise ni surtout rassuré.

– Il est vraiment mort ? demande-t-il à voix basse.

– Il est en pleine forme ! Regarde, avant de poser des questions stupides. Il a l'air de faire la fête, de danser la java, de rigoler ou de jouer à cache-cache avec une copine ? Réfléchis. En attendant, tu ne bouges pas, je vais prévenir l'OPJ de service. Surtout, tu ne touches à rien.

– Je reste seul avec lui ? demande le stagiaire, inquiet.

Ce cadavre l'impressionne au point qu'il commence à avoir mal au cœur. Il n'ose le regarder. Pourtant, la curiosité l'empêche de s'en détourner. Il a de plus en plus chaud. Il sent qu'il va vomir. Il respire la bouche ouverte, dégrafe son col de chemise, desserre sa cravate, éprouve un besoin immédiat d'uriner. Le brigadier l'a observé avec amusement.

– Tu vas pas tomber dans les pommes ? Je vais me retrouver avec un cadavre et un moribond ! Du nerf, mon vieux, t'en verras d'autres, dans ce métier, et ils seront moins fringants que celui-ci. Tu respires fort, tu pisses un bon coup derrière un arbre, mais très loin, pour ne pas bousiller le travail des collègues, et c'est reparti comme en quarante ! Il ajoute pour se moquer de lui : S'il bouge, tu lui files une cigarette, une tape dans le dos, et tu lui racontes une bonne blague, ça le fera marrer. En attendant, touche à rien : je reviens.

– Et moi, je fais quoi ? interroge Zoé.

– Tu attends et surtout tu la boucles, lui répond le policier du tac au tac.

– Et mon pognon, j'suis pas aux trente-cinq heures. Faut que je bosse !

– Quand tu feras des pipes, tu mettras les bouchées doubles, lui lance le brigadier, éclatant d'un rire gras qui sonne de manière étrange. Il aime ce genre de plaisanterie salace.

*

* *

Sept fonctionnaires de la Brigade criminelle s'affairent autour et aux alentours du cadavre ; trois policiers de l'Identité judiciaire dessinent la topographie des lieux, recherchent méticuleusement les traces, empreintes, indices qui pourraient se révéler utiles à l'enquête.

– Ça en fait du monde, chef ? interroge le policier stagiaire.

– J'ai vu plus ; ça, c'est la routine. Il manque le procureur, mais non, il est là-bas...

– Comment pouvez-vous le reconnaître, ils ont tous la même tenue bizarre, comme celle des mecs qui veulent éviter les contaminations radioactives et qui portent le même bonnet...

– Ça s'appelle une charlotte.

– Même les chaussures sont enveloppées... Que de précautions ! s'exclame le stagiaire, surpris.

– C'est pour éviter de laisser leurs empreintes et de bousiller des indices... Tu vois, la Police judiciaire moderne, c'est top !

– Avez-vous vu, chef, ce camion ?

– Oui, c'est celui de l'IJ, un laboratoire ambulant...

– L'IJ ?

– L'Identité judiciaire. Je ne sais pas ce qu'on vous apprend, dans vos écoles.

– Ça se trouve où ? questionne le jeune policier, émerveillé par le spectacle de ces hommes en blanc et de leur matériel sophistiqué.

– L'Identité judiciaire, c'est un service de police top niveau. Près de deux cents personnes y bossent. Il se trouve quai de l'Horloge, dans la cour du dépôt du palais de justice, à côté de la Brigade criminelle.

Parler avec son chef désangoisse le stagiaire, lui permet de penser à autre chose qu'à la mort. Ils se sont éloignés du cadavre pour laisser les fonctionnaires de l'Identité judiciaire et de la Criminelle travailler tranquillement.

– Dites, chef, questionne à nouveau le jeune policier, on trouve beaucoup de morts, par ici ?

– Au bois de Boulogne, contrairement à ce que l'on raconte, nous en découvrons très peu. L'année dernière, il n'y en a eu qu'un. Depuis mon arrivée dans le secteur, en 2002, je n'en ai compté que sept. C'est rien, par rapport aux cinquante corps qu'on repêche en moyenne dans la Seine à Paris chaque année !

– Chef, pourquoi on met les mains du mort dans des sacs en plastique ?

– Décidément, tu as beaucoup de choses à apprendre ! Rien n'égale la formation sur le terrain. Pour être un vrai flic, il faut avoir vécu des choses, beaucoup galéré, tout vu de l'intérieur de cette putain de société... Une autopsie va être pratiquée, vraisemblablement demain, pour rechercher les causes de la mort.

– Il n'a pas été assassiné ?

– Pas sûr. Il peut avoir succombé à une crise cardiaque, ça prévient pas, il pouvait se taper une pute dans le buisson, et au moment crucial, clac !, ça disjoncte. Il a pu se cacher pour se shooter et clamser d'une overdose... L'autopsie va préciser tout cela, la police saura alors s'il s'agit d'un crime ou d'une mort naturelle. Tu comprends ? Donc, on fout ses mains dans des sacs transparents pour préserver les empreintes et ce qu'il peut y avoir sous les ongles, car tout cela parle aux flics de l'IJ. Après l'autopsie, on va exploiter les empreintes du cadavre et les comparer aux deux millions six cent mille qui figurent déjà dans le fichier informatisé de l'Identité judiciaire. C'est un travail fantastique ; chaque année, on intègre dans ce fichier cent vingt mille traces nouvelles ; c'est considérable, ça fait en moyenne dix mille par mois... Observe bien comment ils bossent méthodiquement. Pour ne pas laisser leurs traces, ils ont des gants en latex... Tu vois celui qui est penché et qui examine le corps, il ne parle pas tout seul, il dicte au magnétophone tout ce qu'il remarque, et surtout il veille déjà au respect des prescriptions du code de procédure pénale, c'est le procédurier du groupe de la Criminelle, il doit tout remarquer et c'est lui qui va assister à l'autopsie. C'est un boulot terrible, confié à des flics costauds... Tu comprends ? Inscris ça dans ta caboche : ils sont balèzes, ces mecs de la Criminelle et de l'IJ. Retiens aussi une autre chose... Tu m'écoutes ?

– Oui, chef, dit le stagiaire, toujours fasciné par le spectacle qui se déroule autour du corps inanimé.

Malgré le nombre de personnes qui s'affairent, un calme insolite règne : nulle excitation, chacun sait et fait ce qu'il doit faire.

– N'oublie jamais, dans ta carrière de flic, de respecter leur travail. Parfois, tu te diras qu'ils ne se prennent pas pour de la merde, qu'ils pètent plus haut que leur cul. Peut-être, mais les plus grands ne sont jamais les plus prétentieux, et puis ce sont tous des professionnels. Quand ils arrivent à un endroit où tu te trouves, tu les salues et tu la boucles. Compris ? Regarde-les faire avec leurs ustensiles en forme de pipettes, ils opèrent des prélèvements dans le sol pour retrouver des traces de sang : si c'est un assassinat, la victime ou l'auteur du crime peuvent être identifiés par leur sang. L'assassin peut avoir été blessé et pourra être confondu par des analyses sanguines, mais également par les marques qu'il aura laissées involontairement sur le corps de sa victime. Ses postillons sur le cadavre, même plusieurs heures après avoir été projetés, seront repérables et utilisables, et livreront des secrets essentiels à l'enquête. Il s'agit de prélèvements génétiques, comme ils disent. Ils sont vachement fortiches.

*

*   *

« L'autopsie pratiquée sur le corps non identifié retrouvé au bois de Boulogne, avenue de la Reine-Marguerite, révèle un décès par crise cardiaque... »

Le patron de la Criminelle poursuit la lecture du rapport du médecin légiste, regarde les photos en couleur du cadavre : rien de bien original pour lui. Si la Crim a été saisie de l'enquête, c'est qu'il apparaît clairement que le décès n'est pas survenu à l'endroit où le cadavre a été découvert.

Il appelle son adjointe, lui demande si un juge d'instruction a été désigné. Elle lui répond que le parquet n'a pas encore ouvert d'information judiciaire. C'est le groupe d'André Marcel, l'un des neuf groupes de policiers au sein desquels œuvrent les cent fonctionnaires de la Criminelle, qui a la charge de cette enquête.

– Il faudra demander à Marcel de passer cet après-midi et lui préciser d'envoyer sans tarder des réquisitions aux opérateurs de téléphonie mobile afin d'avoir la liste des portables qui, dans les heures qui ont précédé la découverte du corps, ont été enregistrés sur les relais de ce secteur. Avec un peu de chance, cela pourra permettre de savoir qui s'est délesté du cadavre. Les traces constatées sur la terre montrent que le corps a été tiré depuis le bord du trottoir ; j'espère qu'ils ont prélevé des échantillons de terre et les empreintes des chaussures sur le sol. Que Marcel regarde du côté de la préfecture s'il y avait, pendant cette période, des radars routiers dans le bois. Quand on balance un cadavre de sa bagnole, on doit avoir tendance à appuyer sur le champignon, après.

## Chapitre 14

Elle est enfin revenue, c'est l'huissier qui me l'annonce. Lui aussi est de retour : il va reprendre ses habitudes, remettre chaque jour l'horloge à l'heure... Je me demande comment il a pu vivre, pendant ses vacances, loin de ses gestes quotidiens, et suis curieux de savoir quelle a été son activité pendant ses congés. Lui-même paraît désireux d'en parler et n'est donc pas avare de détails. J'apprends ainsi que, depuis vingt-cinq ans, sa femme et lui installent leur caravane au même endroit, retrouvent les mêmes voisins, pêchent dans la même rivière, prennent chaque jour à la même heure le même apéritif. À la question de savoir s'il n'envisagerait pas, l'année prochaine, d'installer sa caravane dans une autre région de France, il répond par la négative ; son argumentation est claire : « Là-bas, j'ai mes habitudes ; ici on vit à cent à l'heure. On a un tel stress, au ministère, qu'il faut pouvoir décrocher un moment dans l'année et ne penser plus à rien. » À ce point de son explication, mon téléphone de bureau sonne, je décroche, c'est elle !

– Alors, Olivier, les vacances ont-elles été reposantes ?

– Oui, très bien, merci ; et vous, au moins, avez-vous pu vous détendre ?

– Vous savez, m'avoue-t-elle, les vacances ne sont

pas pour moi du repos. Je vais au même endroit depuis dix ans, retrouve les mêmes personnes, constate leur vieillissement, et elles le mien. Bref, comme d'habitude, sauf que cette année je suis ministre, on parle de moi dans la presse, alors tous me regardent différemment. Voilà : après la réunion de cabinet, j'aurai besoin de vous voir.

– Pas de problème.

*

* *

Le directeur de cabinet, deux conseillers techniques, la secrétaire particulière et moi, nous nous retrouvons dans son bureau ; elle se lève à notre entrée. Élégante, coiffée avec un chignon, bronzée, en pantalon beige clair et pull rouge, un foulard assorti à son pantalon noué autour du cou, je suis une nouvelle fois subjugué par son charme. Elle s'en aperçoit, m'adresse un petit clin d'œil et esquisse un sourire. Tout à la contemplation de ma ministre, je remarque à peine la présence, non loin d'elle, d'une autre femme.

– Madame, Messieurs, je vous présente Marie Piquey, qui rejoint notre équipe. Marie s'occupera de la presse, des journalistes, de ma communication.

Elle nous présente ensuite individuellement à Marie qui ne cesse d'arborer un sourire intimidé.

– Voici Olivier Spontini, chef de cabinet, écrivain, débauché de l'Éducation nationale... Elle ajoute à ma grande surprise : ... amoureux du Palais-Royal dont il connaît l'histoire mieux que personne. Elle me refait un petit clin d'œil et continue : Olivier est un nouveau venu dans le monde de la politique, il a la redoutable charge d'écrire mes discours et de gérer mes relations avec les parlementaires...

Sur le directeur de cabinet, les conseillers techniques, à chaque fois un compliment pour vanter leurs mérites ; la secrétaire particulière a droit elle aussi à un éloge spécialement aimable.

La ministre nous invite ensuite à nous asseoir face à son bureau. Elle retourne à sa place, nous considère avec un sourire, sonne l'huissier pour qu'il nous apporte du café :

– Finalement, constate-t-elle, nous serons plus à l'aise autour de la table de réunion.

Nous migrons donc tous pour y prendre place. Le directeur s'installe en face d'elle, je m'assieds à sa droite, je sens son parfum. Les cafés arrivent ; du thé pour elle, l'huissier connaît ses habitudes.

– Chers amis, j'espère que tout le monde est d'attaque pour affronter la suite des événements. Après l'euphorie des élections présidentielles gagnées, et malgré la déception des législatives, l'état de grâce dont profitent le Président et le gouvernement va fatalement s'estomper. Nous devrons affronter, à l'Assemblée nationale, une majorité trop importante pour demeurer longtemps raisonnable, et une opposition plus nombreuse que dans la précédente législature. Elle n'a rien à perdre et va s'illustrer par un activisme d'autant plus visible qu'elle sera aussi perturbée par bien des ambitions individuelles et par la trahison de ses vieux chefs. Les affrontements politiques vont vite s'exacerber, les responsables syndicaux se doivent de reprendre l'initiative vis-à-vis de leurs troupes – bref, le calme politique est terminé.

Après un court silence qui lui permet de boire un peu de thé, elle reprend :

– Pour ce qui me concerne, je vais passer à une vitesse supérieure. Avant les vacances, c'était le tour de chauffe, comme on dit. Je me dois maintenant d'être plus présente sur la scène politique et médiatique. Naturellement, c'est ma mission : nous devons imaginer comment mieux faire fonctionner l'État, simplifier les relations avec les administrés. Soyez créatifs en ces domaines. Mais je veux surtout faire de la politique.

Elle s'interrompt, boit une nouvelle gorgée, nous propose un autre café et, sans attendre nos réponses, sonne l'huissier, commande un peu plus de thé et un express pour chacun d'entre nous. Le directeur de cabinet profite de cet interlude :

– Réformer l'État, rénover son fonctionnement, rapprocher l'administration du citoyen, simplifier les procédures administratives, tout cela est très politique...

Elle l'interrompt, le dévisage et lui dit :

– Certainement... Mais faire de la politique, cela veut surtout dire exister, attirer l'attention des commentateurs. S'imposer dans le monde politique, c'est être cité ou répondre aux questions des journalistes dans les émissions du matin, à RTL, par exemple ; c'est bénéficier d'un accès facile à la télévision, avoir sa marionnette aux Guignols, sur Canal. J'exagère naturellement, mais à peine. Je dois m'imposer dès maintenant dans le nouveau paysage politique, demain il sera trop tard : une nouvelle génération aura pris la place. Les cartes se redistribuent en ce moment. Il ne faut surtout pas être absent de cette recomposition du panorama. Le Parlement s'ouvre aux femmes, c'est l'air du temps, il y a aujourd'hui cent sept femmes députés, onze femmes ministres ou secrétaires d'État. Les premières aspirent toutes à une fonction ministérielle et veulent remplacer celles qui sont au gouvernement, et celles-ci ne souhaitent absolument pas lâcher leur poste. Une vie politique, cela s'imagine, se prépare, se construit. Si on se contente d'attendre, il vaut mieux tout de suite aller voir ailleurs. Calculer : je sais que vous n'aimez pas ce mot, et pourtant c'est le bon. Naturellement, on n'obtient rien sans risques, on peut aussi se tromper, rater sa cible, sceller de mauvaises alliances...

Elle s'interrompt, reprend un peu de thé. Le directeur de cabinet, haut fonctionnaire qui a toujours regardé avec une certaine condescendance les politiques, intervient de nouveau :

– Madame la ministre, j'insiste : l'État et son rôle dans notre société sont au cœur des préoccupations de nos concitoyens. Le Président a été élu sur ce thème. J'en suis profondément convaincu. La décentralisation a été un leurre. Les Français ne voulaient pas moins d'État, mais un État capable d'imposer l'intérêt général et de se faire respecter. Avec la décentralisation, ils ont surtout eu l'impression qu'on bradait l'État. Ils veulent que celui-ci soit efficace.

– Peut-être. Je ne dis pas que nous devons négliger notre raison d'être ministérielle, mais réformer l'État, en France, est une tâche quasi impossible, et certainement peu valorisante, politiquement parlant. Par le passé, nombre de ministres en ont fait l'amère expérience. Que veulent les Français en ce domaine ? Un État capable d'imposer aux autres ce qu'ils ne veulent pas pour eux. Croyez-moi, rarement un ministre chargé de réformer l'État a pu profiter de sa mission pour assurer son destin politique...

– La politique est un combat pour des valeurs, un idéal, se permet d'insister le directeur.

Elle ne lui laisse pas le temps de poursuivre :

– La politique, c'est d'abord et surtout un combat pour le pouvoir, et quand on y a accédé, une lutte pour y demeurer le plus longtemps possible ; le reste est littérature, particulièrement aujourd'hui avec l'évanouissement des idéologies. Même les révolutionnaires ne croient plus à la révolution. Lors de la dernière élection présidentielle, les candidats se réclamant d'une idéologie révolutionnaire étaient ridicules, pathétiques, leurs discours irréels, démodés... Bref, j'ai besoin de vous tous pour exister politiquement. Cela veut dire quoi ? Être présente dans les médias, mais aussi constituer des réseaux d'amis, de partisans, de fidèles parmi les parlementaires, s'attirer les faveurs de journalistes, la considération de patrons de sociétés. Il me faut recruter des supporters. Regardez les partis politiques : les militants sont de plus en plus souvent évincés par des supporters de telle ou telle personnalité. On soutient plus un homme ou une femme qu'une idéologie. Le communisme a implosé, le gaullisme est décédé, le socialisme français agonise, le libéralisme est décrédibilisé, bref, nous ne croyons plus en rien. La confrontation avec les réalités de notre société a tué nos écoles de pensée traditionnelles. Aujourd'hui, la seule affiche acceptée consiste à s'affirmer républicain et à défendre la Liberté, l'Égalité et la Fraternité en évitant de trop préciser ce que recouvrent ces trois notions. Les politiques se doivent d'apparaître comme volontaires et déterminés. Je ne suis pas pessimiste, nostalgique ; simplement réaliste. La tâche qui nous attend sera rude pour nous tous. Le choc des ambitions est toujours dur et pénible. Réfléchissez à ce que je vous ai dit, nous en reparlerons, si vous le voulez. À part cela, rien de particulier ? Non ? Bien, je vous remercie.

Elle se lève, nous faisons de même sans parler, tant ce discours nous a surpris. Le directeur de cabinet et les deux conseillers techniques sont apparemment interloqués. Ils découvrent soudain que leur ministre ne croit guère possible une réforme de l'État à quoi ils travaillent depuis si longtemps.

Elle me fait signe de rester dans le bureau.

– Olivier, je suis heureuse de vous retrouver, me dit-elle en me regardant dans les yeux. Je sens que nous allons bien travailler ensemble, avec Marie. Tous deux, vous êtes ma garde rapprochée. Vous allez oublier vos élèves et l'Éducation nationale, et vous épanouir en politique. Le combat, l'action, cela vous stimule, vous oblige à ne jamais ralentir la cadence, vous éloigne de la routine... Êtes-vous d'accord pour m'aider, m'accompagner dans mon parcours politique ?

– Si vous m'en jugez capable, bien évidemment.

Je n'ose lui avouer que j'éprouve une grande affection pour elle et ressens une authentique joie de travailler à ses côtés.

– J'ai un projet immédiat : publier un livre d'entretiens avec un journaliste. C'est dans l'air du temps. J'ai tout préparé, les questions, les réponses. Il ne vous reste plus qu'à les relire, les corriger, améliorer le style, me dire ce que vous en pensez, et Marie nous dénichera un journaliste pour coller son nom sur la couverture.

Elle me tend le manuscrit.

– Vous y parlez de votre parcours politique ? Les lecteurs aiment bien les livres-confessions...

– Vous ne voulez quand même pas que je me déshabille en public !

– Il ne s'agit pas de cela, mais simplement de retracer un itinéraire qui n'est pas banal. Évoquez-vous vos relations avec votre frère, par exemple ? Ou avec le futur Premier ministre ? Expliquez-vous vos rapports privilégiés avec le Président, comment vous avez émergé en politique ? Quels sont vos mentors... C'est cela qui intéresse les lecteurs. Dans le monde politique, il y a surtout des copies et bien peu d'originaux.

Elle me regarde. Ses yeux bleus, normalement si doux, deviennent durs :

– Ce n'est pas le sujet. Ma vie privée n'intéresse que moi et je n'ai pas l'intention de l'étaler au grand jour. Je dis seulement avoir été, à la fac, attirée par les idées des syndicats universitaires, avoir rencontré le Premier ministre, alors qu'il était l'un des responsables de l'opposition, pour lui faire part des revendications des étudiants. Puis je suis restée en contact avec lui et j'ai apprécié son ouverture d'esprit, son respect des idées d'autrui. J'ai aussi très vite compris que le Président allait vraisemblablement gagner, je l'ai rejoint avant que les jeux ne soient faits. Il m'en a su gré, car il méprise les ralliements de dernière minute, quand il n'y a plus de risque de défaite. Et je lui ai proposé de préparer discrètement la migration vers lui de certains camarades. Cela suffit, je n'ai pas vocation à me confesser, ni le moindre goût pour la repentance, même si, aujourd'hui, c'est une attitude à la mode. Je n'ai pas besoin de me donner bonne conscience, je n'ai rien à me reprocher ; c'est l'avenir qui me passionne, et non pas revisiter sans arrêt le passé. Mon frère n'a rien à faire dans ce livre, ni mes amis...

Je me rends compte que ce sujet l'irrite et n'ose donc lui avouer que j'ai rencontré ledit frère. Elle ajoute :

– Personne ne m'ennuiera, pas plus lui que les autres. J'ai la chance d'avoir des chefs qui veillent avec bienveillance sur ma situation politique. Il est simplement nécessaire que les enquêtes policières ou judiciaires n'aboutissent pas. Ce serait fâcheux

– fâcheux pour tout le monde, donc inutile. D'ailleurs, il n'y a que vous et moi qui avons des soupçons !

– J'ai eu le patron de la Criminelle, il m'a appelé pour me tenir informé de l'évolution de ses investigations.

Je ne lui dis pas que c'est moi qui ai appelé la police, de peur qu'elle le prenne mal.

– Et alors ?

– Cela ne donne rien, pas plus que sur les barbouillages dans le hall du ministère...

– Très bien : vous voyez que tout va à merveille. Rien à craindre. Lisez ce manuscrit et venez me dire franchement ce que vous en pensez.

*

* *

Avide de mieux la connaître, d'approfondir ma sympathie pour elle, j'ai hâte de la lire. En outre, j'ai a priori de l'admiration pour celles et ceux qui se risquent à écrire. Je m'installe dans mon bureau, ferme soigneusement la porte pour ne pas être dérangé, desserre le nœud de ma cravate, ôte ma veste, quitte mes chaussures ; je ne peux bien lire qu'ainsi et me plonge dans la découverte du manuscrit. Celui-ci n'est pas très long, il fait à peine quatre-vingts pages.

– Vous l'avez terminé ? me demande-t-elle au bout d'une demi-heure.

– Pas totalement, mais presque.

– Alors, venez me voir quand même !

Je n'ai pas le temps de m'asseoir, d'ailleurs elle ne m'y convie pas. Tout de suite elle m'interroge :

– Le professeur a-t-il jugé la copie de son élève acceptable ?

– Eh bien, comment dire ? Oui, mais peut mieux

faire ! Pour cela, il est important de donner plus de consistance à votre livre. Nous avons une base de départ, elle doit être retravaillée, y compris au niveau du style, et enrichie d'anecdotes...

– Vous voulez encore fouiller dans mon passé, ma vie personnelle ?

– Il ne s'agit pas de cela. Vous savez, j'ai rencontré votre frère...

– Vous ne me l'aviez pas dit.

Elle me lance un regard dont j'ai du mal, sur le moment, à déchiffrer le sens. En fait, elle semble faussement surprise, comme si, étant déjà au courant de cette rencontre, elle ne voulait cependant pas l'avouer.

– C'est vous qui m'avez donné son numéro de téléphone.

– Et alors, vous a-t-il fait des révélations sur mon passé ? Je vous avais mis en garde, il est complètement mégalo, jaloux de mon succès, de ma réussite. C'est un velléitaire, un profiteur...

– Il a beaucoup d'affection pour vous.

– Je vois : il vous a complètement embobiné ; je vous estimais moins naïf.

– Il regrette que vous ne l'ayez pas suivi quand il a pris ses distances avec la politique militante.

– Il vous a dit cela ? Il ne manque pas de culot !

– Il m'a parlé de vos camarades, d'un certain Pilote...

– De qui ? Ah oui, et alors ?... Quelles autres médisances vous a-t-il confiées ? Je vous l'ai dit, c'est un grand manipulateur, un affabulateur expérimenté...

– Simplement, il serait intéressant, pour votre livre, de décrire ce milieu gauchiste et certains de ses personnages. J'ai très envie de me lancer avec vous dans une telle enquête. Je le sens très bien, ce livre. Nous allons faire un tabac...

Comme j'ai maintenant l'habitude de le constater chez elle, quand un sujet l'embarrasse et qu'elle n'a pas envie de répondre, son pied droit s'agite, elle ne vous regarde plus, mais laisse dériver ses yeux vers la fenêtre ou le tableau qui se trouve en face d'elle. C'est sa façon d'avertir qu'elle ne vous écoute plus, qu'elle a décroché, de signifier que l'entretien est terminé ou qu'il faut changer de sujet. Je me lève et me dirige vers la porte. Au moment où je l'entrouvre, elle me rappelle :

– Je vais réfléchir à tout cela. L'idée est séduisante, mais, dans ce milieu, la curiosité n'est pas sans risques. Ne vous laissez jamais entraîner sur des pistes dangereuses. Le monde politique, comme celui des militants extrémistes de gauche comme de droite, je suppose, ne fait jamais de cadeau. Les menaces, le chantage sont leurs lois.

Profitant de cette réponse qui n'est pas pour moi une fin de non-recevoir, je lui précise comment je vois l'architecture de sa biographie, à la fois historique et prospective :

– Je souhaite naturellement rencontrer vos parents, savoir dans quelle ambiance vous avez été élevée...

– Ce n'est pas possible : mon père est depuis longtemps soigné pour insuffisance cardiaque, il est très fatigué...

Elle ne me laisse pas continuer, me confie que ce projet, finalement, elle ne le sent pas très bien :

– Est-ce bien utile d'aller enquêter sur mon passé, faire de la publicité à l'extrême gauche, remuer des épisodes périmés...

– Je le crois. Cela vous rendra plus sympathique aux yeux de nos compatriotes, montrera que, dans la vie, on peut évoluer, changer sans renier ses convictions profondes...

– Tout cela, c'est de la littérature ! Nous en reparlerons plus tard...

*

* *

La soirée s'annonce d'une somptueuse douceur, comme seul septembre sait en prodiguer. En quittant le ministère sans l'avoir revue, je musarde au quartier Latin, remonte tranquillement le boulevard Saint-Germain, regardant tout et ne prêtant attention à rien, allant je ne sais où, peu importe.

Je ne sais pourquoi, mais, en passant devant l'église de Saint-Germain-des-Prés, j'éprouve l'étrange sensation d'être épié, et même suivi. Je me retourne plusieurs fois de suite, mais ne décèle aucun suspect, rien de particulier, seulement des gens qui marchent en tous sens, des hommes, des femmes, des enfants qui courent sur le parvis, un autobus qui passe et dégage un nuage de fumée nauséabond, un clochard qui tend une vieille casquette, un couple de Japonais ou de Chinois qui se photographie devant les *Deux-Magots*... Pénible sensation. Elle persiste. Je change de trottoir, juste avant que le feu du carrefour de l'Odéon ne passe au vert et que les voitures ne démarrent. Je traverse en courant, me retourne pour voir si quelqu'un court également. Rien : personne n'a traversé en même temps que moi. J'ai l'impression que tout le monde m'observe, me dévisage. Je fais demi-tour, hésite, m'arrête, pars dans la direction opposée, reviens vers le ministère. Je ne cesse de regarder derrière moi, m'avance dans le boulevard Raspail, achète *Le Monde* au kiosque à journaux de l'angle de la rue de Sèvres, fais semblant de le lire, en fait observe à droite et à gauche, en quête d'un comportement anormal. Rien. Je ne suis pas rassuré pour autant. Seule solution pour me sauver de cette angoissante sensation : chercher refuge au *Récamier*, c'est tout près. J'espère y trouver un moyen de calmer mon angoisse et ma peur. Car j'ai peur. Je ne sais pas de quoi, de qui, mais j'ai peur. Au *Récamier*, je m'assois dans le fond de la salle, reprends ma respiration, essuie mon front en sueur. J'ai chaud, ma chemise est trempée.

Il est minuit quand Gérard, le patron, préoccupé par ma nervosité, intrigué par mon comportement inhabituel, me raccompagne jusque chez moi, dans le 15e arrondissement ; il n'habite pas loin et cela ne lui fait pas un grand détour.

Pourquoi suis-je dans un pareil état ? C'est probablement dû au stress propre à mon nouveau métier, au fait que la politique me fait peur. Pour la première fois, je ne participerai pas à la rentrée des classes, c'est une frustration qui me déstabilise peut-être. Je n'arrive pas à me raisonner. L'angoisse me reprend à l'approche de mon domicile. Devant l'immeuble, je demande à Gérard d'attendre que je sois monté chez moi pour s'en aller.

– Tu veux que je vienne avec toi ? Tu ne te sens pas bien ?

J'aurais aimé répondre par l'affirmative, qu'il m'accompagne jusque sur mon palier ; je n'ai pas osé par crainte du ridicule, mais mon angoisse se fait de plus en plus vive. Le rythme de mon cœur s'accélère. Il martèle ma poitrine. J'ai l'impression qu'il s'affole. Je dégouline sous les aisselles, des gouttes de sueur roulent sur mon front, mes mains sont moites...

– Non, ça va aller. Je suis simplement épuisé... mais ce n'est pas grave.

– Tu ne vas pas nous faire un infarctus ? Tu es tout pâle, il faut voir un toubib ! J'en connais un...

– Ne t'inquiète pas... Merci. Une bonne nuit, et ça ira mieux.

Arrivé au troisième étage, avant de sortir de l'ascenseur, je regarde à droite, à gauche, inspire profondément pour me donner l'énergie de parcourir les cinq mètres qui me séparent de ma porte d'entrée. Je l'ouvre rapidement, allume aussitôt la lumière dans mes trois pièces, y compris dans la cuisine et la salle de bains. Par la fenêtre je fais un petit signe à Gérard qui attend en bas, puis tire sitôt après les rideaux. Je m'effondre sur le lit, attentif au moindre bruit.

*

* *

Cette anxiété ne me quitte plus depuis cette soirée. Je ne sais pourquoi, je suis obsédé par l'imminence d'un drame. Je tente de me raisonner, en vain : ça me calme un moment, puis l'angoisse renaît. J'ai beau me dire qu'aucun motif ne justifie objectivement la peur qui m'étreint, rien n'y fait. Je suis obsédé par l'imminence d'un événement dangereux, d'une menace qui me guette. Non, je n'arrive pas à me reprendre. Je passe par des phases de désarroi, d'anxiété, puis de dégoût, d'abattement. Je me sens usé, sans énergie, las.

Mon pharmacien me prescrit une tisane de tilleul, lavande et passiflore. Je m'exécute et ingurgite deux fois par jour ce breuvage, censé faire disparaître mon angoisse ; cela ne l'apaise en rien. Je vis désormais avec. Le calme intérieur, je le trouve au ministère ou à la terrasse du *Récamier*. Je n'ose même plus m'y rendre à pied, même si je n'ai qu'à remonter le boulevard Raspail jusqu'au carrefour de Sèvres : en marchant normalement, il ne faut pas plus de dix minutes. Sortir me fait peur.

*

* *

Ce soir, au *Récamier*, où je ne suis pas revenu depuis une semaine, je sacrifie à une sorte de rituel en embrassant la patronne et en allant dans les cuisines saluer le chef et ses aides.

– Ça me fait plaisir de te voir en meilleure forme que l'autre jour, me dit le patron en me dévisageant, tout en continuant à monter ses blancs en neige. Tu sais qui j'ai vu, hier ?

– Non, mais tu vas me le dire !

– Ta ministre est venue dîner. Elle est sympa, très simple. Elle, au moins, n'a pas pris la grosse tête, ne débarque pas dans une voiture à cocarde et gyrophare, flanquée d'un garde du corps. Elle roule pas des mécaniques ! Enfin une qui ne pète pas les plombs comme sa collègue...

– Elle était seule ?

– T'es trop curieux ! Toi, tu dois être amoureux d'elle. Tu sais, dans notre métier, il y a une règle d'or : on ne voit rien, ne sait rien, ne dit rien.

Je l'interromps sèchement et, sur un ton autoritaire, lui intime l'ordre de me dire si elle était seule ou accompagnée, et par qui. Qu'elle soit venue ici sans moi m'énerve.

Le patron perçoit mon agressivité soudaine et je me rends compte qu'il est décontenancé par mon attitude inhabituelle à son égard. Je reformule donc ma demande, mais sur un registre plus aimable :

– À moi tu peux faire une confidence : avec qui était-elle ?

– Tu ne serais pas un peu jaloux ? En fait, elle a été rejointe par ce type mal élevé, qui fume à table sans savoir si cela dérange les autres clients... Celui qui a dîné avec toi il n'y a pas si longtemps...

– Tu en es certain ?

– Absolument. Il lui a même dit que mes soufflés étaient exceptionnels.

J'ai changé de sujet, mais cela m'a profondément contrarié d'apprendre que ma ministre et son frère se voyaient alors que l'un et l'autre m'avaient juré le contraire.

Je ne me suis pas attardé. J'ai appelé un taxi et ai regagné mon domicile, triste, meurtri par cette révélation.

*

* *

Affalé tout habillé sur mon lit, j'essaie de réfléchir, de comprendre. Pourquoi tant de mystères ? Pourquoi me mentir si effrontément ? Je fais tout pour l'aider de mon mieux : pourquoi fait-elle montre d'une telle attitude à mon égard ?

Je sens mon portable vibrer dans la poche de mon pantalon. Je prends la communication. Silence au bout de la ligne. J'attends. Je crois percevoir un souffle humain. Personne ne parle. La liaison s'interrompt. Un petit moment après, le portable vibre à nouveau. Je ne bouge pas, hésite, attends. Lorsque je l'ouvre, rien : pas d'interlocuteur. Je m'inquiète.

Un peu plus tard, alors que je suis toujours étendu sur mon lit, le portable, qui ne m'a pas quitté, émet un sifflement strident qui me fait bondir. C'est la batterie qui est épuisée, comme moi.

## Chapitre 15

– Olivier, venez me voir, s'il vous plaît.

– J'arrive, madame la ministre.

Je remets ma veste, traverse le couloir. Alors que je vais frapper à sa porte, l'huissier, qui m'a vu arriver, me prévient :

– Madame la ministre n'est pas seule et ne veut pas être dérangée.

Je fais comme si je ne l'avais pas entendu, frappe et pénètre dans le bureau. Elle est en effet en compagnie d'un homme que je ne connais pas.

– Je vous présente le commissaire Jacques Beinhart, chef de la Brigade criminelle de la préfecture de police. Il va vous redire ce qu'il vient de me rapporter.

Il se lève, me serre la main ; je rapproche un fauteuil, le place en face du sien et le regarde pour l'inviter à parler.

– Voilà : il y a quelques jours, nous avons trouvé un cadavre dans le bois de Boulogne. Il n'a pas encore été identifié, c'est une question de temps. Le problème n'est pas là. Nous avons donc commencé notre enquête, et un élément nous intrigue. Nous avons fait dresser la liste des portables qui se sont connectés aux relais des opérateurs dans ce secteur, au moment supposé des faits. Vérifications de routine. Il en ressort qu'un numéro correspond à un portable du ministère.

Nous le savons par l'opérateur, mais celui-ci ne peut nous dire à qui précisément il a été affecté. Nous souhaiterions connaître l'utilisateur de ce portable. Pouvez-vous procéder discrètement à cette recherche ?

– Ce n'est pas un problème : mon prédécesseur m'a laissé un dossier, que je n'ai d'ailleurs pas ouvert, sur lequel figure la mention : « Portables du cabinet ». Si vous me le permettez, je vais tout de suite aller le chercher. Il me faudra peu de temps pour le retrouver.

Quand je réintègre le bureau de la ministre, le commissaire sort de la poche de son veston un carnet et me communique le numéro. Je vérifie. Lui fais répéter les chiffres.

– Je suis désolé, commissaire, mais il ne figure pas dans la liste des portables des membres du cabinet. Celle-ci n'est peut-être pas complète, ou alors ce numéro est affecté à un fonctionnaire du ministère. Il est nécessaire que j'interroge le directeur de l'administration. Je vous transmettrai l'information dans les meilleurs délais.

– Faisons comme ça, mais dans la plus grande discrétion. Nous ne suspectons personne, ce sont là des investigations normales. Je vous remercie par avance.

La ministre se lève, serre la main du commissaire qu'elle me demande de raccompagner.

*

* *

La liste des titulaires de portables dont les communications sont réglées par le ministère m'est rapidement transmise ; j'informe donc le patron de la Criminelle que le numéro qui l'intéresse est attribué au concierge.

*

* *

Après avoir transmis à la police le renseignement sollicité, je me fais déposer devant la Comédie-Française. Fuyant les terrasses bondées des cafés-restaurants du quartier, je m'installe au bord du bassin du Palais-Royal et me laisse voluptueusement caresser par les rayons du soleil, ferme les yeux, profite des instants qui s'écoulent pour ne penser à rien. Seul le bruit du jet d'eau égratigne ce calme. Je suis bien, aussi bien qu'*avant*. Je n'ai nulle envie de me bousculer. Ma ministre déjeune avec l'ensemble de ses collègues à Matignon avant de participer à un séminaire gouvernemental prévu pour durer jusque vers dix-neuf heures. J'ai donc du temps pour profiter de cette journée et sortir de mon anxiété, du temps pour n'être soumis à aucune pression.

– Que faites-vous ici ?

Cette voix qui me fait émerger brutalement de ma semi-torpeur : c'est lui !

– Et vous ?

– J'y viens parfois, on y fait d'opportunes rencontres, n'est-ce pas ? Je peux m'asseoir ?

Sans attendre ma réponse, il rapproche une chaise en fer de la mienne, tout en continuant à parler.

– Oui, je suis vraiment heureux de vous retrouver. Je conserve un excellent souvenir de notre soirée, les soufflés du *Récamier* étaient fameux. Voulez-vous que nous allions déjeuner ?

– Non.

– Dommage. Je ne vous dérange pas ?

– Si, mais je ne pense pas que vous soyez là par le plus pur des hasards. Vous vouliez me parler ?

– Effectivement, et je salue votre perspicacité. C'est

d'elle que je veux vous parler. Elle n'est pas raisonnable : malgré mes avertissements, mes recommandations, elle persiste à ne rien vouloir comprendre, à oublier ses amis d'hier, et surtout son frère.

Il est nerveux, remue sans arrêt sur sa chaise, sa jambe gauche s'agite en permanence – marque de fabrique familiale, sauf que sa sœur bouge la droite quand elle s'énerve. Il me toise avec arrogance, passe sa main dans ses cheveux, palpe le lobe de son oreille, poursuit sa charge sur le même registre :

– Il faut toujours renvoyer l'ascenseur, remercier pour service rendu. Elle m'a demandé de l'aider, je l'ai fait, elle doit s'en souvenir... Non, elle n'est pas prudente ! Après un court silence, il reprend : Vous savez, je compte beaucoup sur votre influence pour lui rappeler l'importance de la fraternité d'armes, le devoir de solidarité qui soude les anciens combattants. Par vous nous allons lui remémorer ses engagements, qu'elle néglige. Son attitude n'est pas responsable et surtout pas acceptable. Dans son intérêt, je vous le dis...

– Foutez le camp ! Je ne peux tolérer ce chantage... Vous n'avez pas à vous servir de moi pour transmettre vos messages. D'ailleurs, vous avez récemment dîné avec elle et donc eu l'occasion de lui parler directement.

– Bien et vite renseigné, notre chef de cabinet, bravo ! Vous aimez ma sœur...

– Je suis l'un de ses collaborateurs, je ne vous autorise pas à insinuer autre chose.

– Généralement, je me passe des autorisations et dis ce que je veux. Vous voyez, notre rencontre dans ces magnifiques jardins, je vous le concède, n'est pas fortuite...

– Vous m'avez suivi, espionné : je m'en doutais. C'est...

Il m'interrompt, pose une main sur mon bras que je retire mécaniquement.

– Ne vous énervez pas. Il ne faut pas vous emporter, ne jamais traverser tant que le feu n'est pas passé au rouge. Je vous trouve bien agité, en ce moment. Vous allez m'écouter, puis je m'en irai comme je suis venu, discrètement. Mes camarades et moi avons contribué à ce qu'elle parvienne là où elle est maintenant. Son ambition est grande, mais ne doit pas la couper de ses racines. Vous avez enseigné l'importance de l'Histoire à vos élèves...

– En plus, vous avez enquêté sur mon passé ?

– Calmez-vous. Je disais donc qu'un arbre sans racines finit rapidement par crever. Vous ne voulez pas que votre patronne quitte précipitamment la scène politique, renonce à ses légitimes ambitions, et vous aux vôtres ? Vous avez du talent, j'ai lu certains de vos discours, vous auriez fait un excellent publicitaire, vos formules sont bien choisies. On me dit même que vous souhaitez écrire un livre : bonne idée, ne gâchez pas un tel projet...

– Votre chantage est odieux. Allez-vous-en !

– J'en ai presque terminé. Je disais donc, et j'insiste : grâce à notre habileté, nous avons su valoriser le passé de ma sœur ; le pouvoir actuel doit beaucoup à son action, et donc à la mienne. Je sais demeurer dans l'ombre, mais aussi attirer l'attention sur moi. Je puis rendre des services, vous voyez ce que je veux dire ?

– Non, pas du tout. Déguerpissez ! Vous m'avez menti en m'avouant avoir abandonné la politique...

– Sachez que je n'*avoue* jamais, d'ailleurs le mot ne fait pas partie de mon vocabulaire. Ce qui est en cause, ce n'est pas moi, mais ma sœur, son avenir et le vôtre par la même occasion... Non, je n'ai pas répudié l'idéal qui est le mien : notre société est pourrie, nous devons en profiter pour l'infiltrer en vue de préparer la révolution prolétarienne et nous servir à cette fin de l'État oppresseur.

Il éclate de rire et me lance :

– Mon pauvre, votre naïveté est désarmante !

– Vous êtes complètement fou !

– Je suis déçu par le comportement de ma sœur. Elle a été intoxiquée par le pouvoir, contaminée par la bourgeoisie décadente. Vous allez nous aider à lui faire recouvrer sa pureté idéologique. J'allais dire : sa virginité, mais convenez avec moi que ç'aurait été inconvenant. Elle ne doit pas se montrer ingrate avec ses anciens camarades ni avec son adorable frère...

Il éclate d'un rire forcé, désagréable.

– Allez-vous-en, vous êtes un ignoble personnage.

– Méfiez-vous : je suis déterminé à faire triompher mes intérêts. Je ne suis pas un ingrat moi, et vous serez vous aussi récompensé. Mais si ni elle ni vous ne comprenez, ce sera terrible. J'ai une première exigence à satisfaire. Vous allez fermement conseiller à ma sœur de recevoir la personne étrangère dont je lui ai parlé. Je mesurerai ainsi votre influence. Ce sera le début de notre collaboration, monsieur le chef de cabinet. Encore une fois, sachez que je n'ai pas de temps à perdre, la vie est courte, il faut en profiter, car elle peut s'interrompre à tout moment...

Sans rien ajouter, il se lève, me salue d'un signe de la main et s'éloigne d'une démarche nonchalante, comme s'il ne s'était rien passé. Je crois même l'entendre siffloter.

Je quitte rapidement le Palais-Royal, bouleversé par

ce que j'ai entendu et révolté par l'amoralité du personnage.

Au ministère, j'attends avec impatience le retour de la ministre pour l'informer de ce qui se trame dans son dos et dont, j'en suis certain, elle n'a pas conscience. Son frère est un voyou dangereux, prêt à tout, il faut que je le lui expose clairement.

À dix-neuf heures, sa secrétaire m'avertit qu'elle ne repassera pas par le ministère, la réunion à Matignon se prolongeant. Je lui demande de me réserver un long moment avec la ministre, demain, dès son arrivée.

## Chapitre 16

– Que faisiez-vous au bois de Boulogne le 1er septembre ? demande le policier pour la troisième fois.

– Je ne connais pas le bois de Boulogne, je n'y vais jamais. Ça fait un quart d'heure que je vous le répète. Et le concierge de ronchonner : Vous êtes complètement bouchés, dans la police !

Les fonctionnaires de la Criminelle sont venus discrètement le chercher sur le coup de sept heures. Ils l'ont emmené au 36, quai des Orfèvres, où ils l'interrogent. Mais il ne veut rien dire, passant par des phases d'excitation puis d'abattement. Au moment où pénètre dans le bureau l'inspecteur Marcel, chef du groupe de policiers qui enquêtent sur les causes de la mort de l'homme retrouvé dans les taillis de l'allée de la Reine-Marguerite, il a recommencé à s'énerver et à injurier les policiers. Le fonctionnaire réitère sa question :

– Ne racontez pas d'histoires, votre numéro de portable apparaît sur le relais de Bouygues Télécom pour ce secteur. Comment expliquez-vous ça ? Votre téléphone ne se promène quand même pas tout seul, la nuit, au bois de Boulogne ? À moins qu'il n'aime mater les putes ?

– Vous me faites chier, avec vos conneries ! Je n'ai rien à voir avec vos portables ni avec vos putes. Je vous emmerde ! De toute façon, vous n'avez pas le droit de m'interroger : j'en connais, des ministres, et vous allez voir de quel bois je me chauffe.

Sur ce, il se lève et se dirige vers la porte du bureau. À l'instant où il passe au niveau de Marcel, la main de celui-ci jaillit, lui attrape brutalement les couilles et les serre très fort. La poigne de Marcel est bien connue au quai des Orfèvres, on sait qu'il est préférable de ne pas lui tendre la main, car il la broie. Le concierge hurle de douleur, trépigne en se massant le sexe.

– Tu vois, dit Marcel, ça fait très mal. Mais quand tu nous injuries, ça me fait mal, alors je fais mal à celui qui me fait souffrir. T'as compris ? Maintenant, tu vas gentiment te rasseoir pour répondre sans t'énerver aux questions de mon petit camarade.

Tout en se tenant le bas-ventre, le concierge obtempère. Le policier lui redemande :

– Étais-tu au bois de Boulogne ?

– Non, non et non.

– Sois raisonnable. Tu feras gagner du temps à tout le monde en disant la vérité, et tu rentreras plus vite chez toi. Si tu persistes dans tes déclarations absurdes, il faudra que nous allions voir ensemble le juge, et il n'est pas commode, il te mettra au trou pour te faire réfléchir. Tu sais ce qui va alors se passer ? Tu seras viré du ministère, de ton logement... Ce sera galère, pour toi...

– Je veux rentrer chez moi, je suis innocent !

Il se met à pleurnicher, à crier à l'injustice, à dire qu'il est déshonoré et n'a plus qu'à se suicider. Cela n'émeut guère les policiers, ils savent que ce sont là les prémices des aveux. Ils se font un clin d'œil, persuadés par l'expérience que leur client va se mettre à table. Il n'y a plus qu'à attendre sans rien dire, simplement en le regardant fixement pour ne pas relâcher la pression.

Au bout d'un court instant, le concierge renifle, essuie d'un revers de manche son nez qui coule, ne regarde plus ses pieds, relève la tête et précise :

– C'est mon fils qui utilise mon portable, mais ne le dites pas à mon chef : il est interdit de le prêter.

– On ne dira rien si tu réponds gentiment à nos questions. Il se trouve où, ton fils ?

– Je ne sais pas. J'ai tout avoué, je vous jure, laissez-moi m'en aller...

Il se lève, le policier le fait rasseoir en pesant fortement sur son épaule et en rappelant que c'est lui et lui seul qui décide quand se termine une audition.

– Ne recommence pas à vouloir partir sans y être invité par moi, sinon je raconte tout à ton chef et il ne sera pas content.

– Mon fils vit chez des copains. Il ne veut pas travailler. Je ne sais pas quoi en faire. Il vient à la maison pour vider le frigo et nous taxer. C'est mon fils... Il ne prévient jamais à l'avance quand il arrive. Je lui dis qu'il doit chercher un boulot, il hausse les épaules ou me fait un bras d'honneur, et ricane. Ses copains ne sont pas bien.

– Tu vois, concierge, il y a moyen de se comprendre. Tu es certain que, dans ta petite tête, y a pas une case avec son adresse ? Dis-nous où on peut le trouver...

– Je vous jure... Il a occupé une chambre de service au ministère, mais c'est fini depuis longtemps, les gens étaient jaloux. Il va, il vient, il n'a jamais voulu nous dire où il demeurait...

– Tu vas nous confier le portable, on te le rendra après l'avoir fait parler lui aussi, et j'espère qu'il nous livrera des secrets utiles pour notre enquête.

Après son audition, et alors qu'il reste en garde à vue dans les locaux de la police, deux fonctionnaires de la Brigade criminelle se rendent au ministère pour auditionner la femme du concierge. Elle confirme en gros les aveux de son époux, et notamment que le fils « piquait » sans arrêt le portable de son père, qui n'osait rien dire.

Pendant ce temps, sur réquisition du juge, le téléphone de la loge est, comme on dit pudiquement, placé sous surveillance, de même que l'entrée du ministère pour interpeller le cas échéant le fils.

# Chapitre 17

– Vous connaissez les exigences de votre frère, ses menaces, son chantage...

Assise en face de moi derrière son bureau, elle me fixe avec une expression où se mêlent résignation et détachement. Gêné, je détourne mon regard. Elle fait la moue, passe une main dans sa chevelure, se lève, s'approche lentement de la fenêtre, l'ouvre en grand, inspire longuement l'air frais qui s'engouffre dans la pièce. Elle ne dit rien. Son silence me semble bien long. Elle se retourne, revient vers moi, me regarde à nouveau fixement et m'interroge :

– Quelle attitude avoir face à un tel personnage qui, en plus, est mon frère ? Quel cynisme... Il a toujours été intéressé, mais, à ce point, c'est incroyable. Oui, que faire ? Céder ? C'est tomber dans son piège, ouvrir la voie à un chantage perpétuel. Résister, refuser son marchandage ? C'est s'exposer à une terrible riposte. Il fera tout pour me faire chuter.

Elle retourne s'asseoir derrière son bureau, prend son crayon, le repose, repousse un dossier, chausse des lunettes. J'ignorais qu'il lui arrivait d'en porter, cela lui donne un air plus posé, sérieux.

– Quand vous avez dîné avec lui, qu'a-t-il exigé de vous, si je puis me permettre d'être indiscret ?

Ma question manifestement la surprend, elle ne s'y

attendait pas. À son tour elle paraît gênée d'être prise en défaut de sincérité à mon endroit. Je me demande comment elle va se sortir de ce mensonge par omission.

Elle se relève, vient s'asseoir dans le fauteuil près du mien, pose une main sur mon bras, comme son frère, mais, cette fois-ci, je ne le retire pas. Elle m'adresse un petit sourire destiné à me placer sous son charme et précise :

– C'est lui qui a pris l'initiative de cette rencontre dans le restaurant que, je crois, vous connaissez bien : le patron y est sympathique, les soufflés excellents... Il voulait simplement me revoir. M'a dit travailler beaucoup, que les affaires étant difficiles, je ne devais pas l'oublier. Rien d'autre, sinon des banalités.

En somme, elle élude ma question, ne veut pas m'en révéler plus long sur cette rencontre. Elle insiste sur le côté familial de ce dîner :

– C'est quand même mon frère, répète-t-elle, je ne peux pas rompre complètement avec lui, nous étions de grands complices, du temps de notre jeunesse, et puis il tenait à m'annoncer qu'il avait une nouvelle compagne ; la précédente, je ne l'appréciais guère.

À l'évidence, tout cela est du remplissage. Face à un élève, j'aurais dit : hors sujet. Je l'interromps :

– Peut-il compter sur une organisation politique importante ?

– Importante, non. Déterminée, certainement. Mais la teneur de votre conversation me rend perplexe...

– Je vous en ai fait un compte rendu fidèle.

– Je n'en doute pas. Mon frère a pris ses distances avec tout engagement militant et je ne comprends pas aujourd'hui la nature de ses exigences. Pourquoi fait-il référence à la politique ? Il ne s'y intéresse plus. Il me l'a dit, je l'ai vérifié. J'ai plutôt le sentiment qu'il brasse des affaires, même si je n'en sais pas plus. Cette revendication politique me surprend, ce doit être un paravent pour cacher sa cupidité, un alibi pour maquiller des agissements peu avouables.

J'avance des explications qui me paraissent plausibles :

– S'il s'est lancé dans les affaires et qu'elles ne marchent pas, il peut espérer, par la politique, parvenir à redresser sa situation financière. Mais pourquoi n'aurait-il pas non plus renoué avec ses anciens camarades ? La politique suppose des moyens importants dont seuls les grands partis disposent, mais tous bénéficient pratiquement de ressources plus ou moins indirectes. Il y a quelques années, on évoquait le rôle bénéfique, pour les finances du parti communiste, de ce « milliardaire rouge », un certain Doumeng. À l'occasion de mes recherches, j'ai découvert aussi un personnage qui se fait appeler Barcia ; en fait, il s'agit d'un certain Hardy, une sorte de docteur Jekyll et mister Hyde : à la fois principal dirigeant de l'Union communiste, c'est-à-dire Ligue ouvrière, dont, vous le savez mieux que moi, l'objectif affiché est la destruction de l'État bourgeois, et, par ailleurs, important chef d'entreprise, parfaitement intégré dans le système capitaliste. Ses amis du patronat ne se doutaient pas qu'ils avaient parmi eux un redoutable adversaire du système libéral...

– Et alors ? Je ne saisis pas le rapport avec le chantage exercé par mon frère...

– Vous allez voir où je veux en venir. Ayant plus ou moins renoué avec ses anciens camarades, et ceux-ci ayant besoin d'argent pour développer leur action révolutionnaire, il pourrait être tenté de jouer un rôle similaire à celui d'un Doumeng ou d'un Hardy. L'étranger...

– Le Russe ?

– Je ne sais pas, il m'a seulement parlé d'un étranger, mais disons le Russe qu'il veut vous faire rencontrer n'est assurément pas un philanthrope, un militant irréprochable des causes humanitaires. Il touche forcément des commissions sur les transactions qu'il a favorisées. C'est donc un expert en trafic d'influence. Exactement, d'après mes recherches, la façon d'agir de ce « milliardaire rouge » qui, dit-on, ne se montrait pas ingrat vis-à-vis de ses camarades communistes... Votre frère vous a-t-il précisé son nom ?

– Non, je ne crois pas.

Je n'insiste pas, mais voici encore un point de divergence entre eux deux. Signe d'impatience et de nervosité, la jambe droite, de mon interlocutrice recommence à s'agiter.

– Pour expliquer le comportement de votre frère, il est d'autres hypothèses...

– Lesquelles ? me demande-t-elle en me dévisageant d'un air surpris.

– Il peut avoir à régler d'importantes dettes de jeu.

– Ce n'est pas son genre.

– Pourquoi ne serait-il pas l'objet d'un chantage, ou plus simplement, comme vous, n'aurait-il pas pris goût au pouvoir ?

– Moi ? Je n'ai pas pris goût au pouvoir, réplique-t-elle d'un petit ton sec et agacé.

– Vous aimez l'action, diriger, commander...

– Soit, mais lui, je ne crois pas. Il a besoin d'argent : en ce domaine, il a toujours été un puits sans fond...

– Il est peut-être aussi très orgueilleux, la politique attire ce genre de personnalité ainsi que les velléitaires...

– Sur ce point, vous avez raison ; on pourrait ajouter : les prétentieux. Mais ce n'est pas son cas. Je le connais bien. Du moins je le croyais...

– La jalousie ne serait-elle pas une autre explication à son chantage ? Il peut éprouver un fort dépit, prendre ombrage de la réussite politique de sa petite sœur, ne pas supporter qu'elle exerce une influence plus grande que la sienne...

– Vous allez chercher trop loin, trop compliqué. Son mobile, j'en suis convaincue, c'est le profit. Je ne crois vraiment pas à la motivation politique, encore moins idéologique. Il a toujours été très intéressé. Je n'ai jamais bien su de quoi il vivait, il sait magnifiquement se servir des autres, profiter d'eux sans complexe ni remords...

– La politique et l'argent sont donc ses deux compagnes. L'une est ancienne, la politique ; l'autre plus récente et grisante, l'argent. Quelle tentation pour lui de se servir de l'une pour mieux profiter de l'autre !

– La formule est bien sentie, on pourrait même la préciser en disant : l'une est sa femme et l'autre sa maîtresse, dit-elle avec un mince sourire.

Je ne la laisse pas m'interrompre et embrayer sur d'autres supputations. Je poursuis mon raisonnement :

– Ce ne sont quand même pas les cotisations des militants qui alimentent les caisses de ces groupuscules ! Il faudrait alors m'expliquer comment, en 1981, Ligue ouvrière a pu acquérir, avec seulement quelques centaines de militants, le château de Bellevue, dans la vallée de l'Oise. J'ai regardé dans un guide touristique : il s'agit bien d'un château du XIXe siècle installé dans un magnifique parc de plus de treize hectares. C'est d'ailleurs dans cette somptueuse propriété, chaque année à la Pentecôte, que Ligue ouvrière organise sa grande fête. Il faudra que j'aille y faire un tour : j'aime beaucoup les châteaux, les vieilles pierres...

– Mais comment savez-vous tout cela ? Je croyais que la politique ne vous intéressait pas, avant de venir ici, me demande-t-elle, apparemment surprise par tout ce que je viens de lui raconter.

Elle attend ma réponse, n'agite plus sa jambe droite.

– J'ai pris goût à la politique, plus exactement aux recherches sur les sources de financement de la politique. Et, je vous en ai parlé, j'ai l'intention d'écrire un livre sur votre itinéraire au sein du maelström de la gauche et de l'ultragauche : ce sera un document passionnant. Je ne veux pas juger, mais uniquement décrire, expliquer, pour simplement comprendre. Vous en serez l'héroïne, du moins si vous acceptez. En attendant votre accord et votre participation active à cet ouvrage, je me documente un peu comme les policiers, je mène l'enquête...

– Vous menez une enquête ! Je vais être franche avec vous : je me demande quelles sont vraiment vos motivations. Pourquoi ces recherches, ces investigations comme disent les flics ? Dites-moi, Olivier, quelles sont au juste vos arrière-pensées ? Faites attention, je vous aurai averti : ce n'est pas un monde d'enfants de chœur...

– Aucune arrière-pensée : cela m'intéresse, c'est tout.

– J'ai du mal à le concevoir. J'espère qu'il n'y a pas de motivation politique...

– Vous pensez que je réalise ce travail avec l'intention de démolir, de dénoncer ?

– Pas forcément, mais d'écrire un livre sulfureux pour acquérir une certaine notoriété.

– Non, franchement, ce n'est pas mon premier objectif, mais tant mieux si un tel ouvrage a du succès : cela voudra dire qu'il présente un intérêt et que le sujet suscite la curiosité.

– En ce qui concerne ma participation à votre livre, je réserve toujours ma réponse. Soyez prudent : je ne suis pas certaine que tout soit bon à dire, même avec les meilleures intentions.

– J'ai une autre question à vous poser, un peu délicate...

– Allez-y, au point où nous en sommes !

– Je cherche simplement à vous aider et à comprendre la démarche de votre frère, pour en trouver la parade...

– Je sais, je sais, vous n'avez aucune arrière-pensée... Quelle est votre question délicate ?

– Votre frère vous a-t-il aidée, au début de votre carrière politique ?

Manifestement – sa jambe droite a recommencé à s'agiter –, cette question l'irrite. Elle fait la moue. Finalement, se lève :

– Il m'a permis de rencontrer le Premier ministre. Mon frère a six ans de plus que moi, il était au lycée avec lui. Ils y ont milité ensemble dans une organisation étudiante. Après, l'un a bifurqué vers la droite, l'autre a pris la direction de l'extrême gauche. Mais ils ont continué à se voir. Mon frère me l'a présenté lorsqu'il était dirigeant de l'opposition, et moi, membre de l'Union des étudiants.

– Vous étiez d'extrême gauche, voilà qui est surprenant...

– J'étais d'abord étudiante, donc à gauche, et puis, en politique, rien n'est comme ailleurs. Je n'ai jamais été une idéologue. Adolescente en rupture avec mes parents, j'avais besoin d'une famille, je l'ai trouvée dans le militantisme politique. J'éprouvais le besoin de me construire autour d'idéaux généreux : ce fut l'engagement dans des structures d'extrême gauche... C'est tout.

Après un bref silence, elle poursuit :

– Il m'est arrivé par la suite de solliciter de sa part – très rarement – de menus conseils...

– Votre frère peut vouloir être récompensé de vous avoir aidée à rencontrer le futur Premier ministre, et donc d'être à l'origine de votre carrière politique. Il m'a dit vous avoir permis, pendant la campagne présidentielle, de rabattre vers le futur Président certains de vos anciens camarades...

– C'est faux ! répond-elle sèchement. Ce sont des affabulations pour se mettre en valeur. Si certains amis ont rejoint le camp du Président, ce fut le résultat de mon action, pas de la sienne !

Elle se rassoit, ôte ses lunettes, les remet, se relève. Son agacement est visible. Elle se rassied à son bureau, demeure silencieuse. Elle souhaite manifestement que cet interrogatoire prenne fin, mais, avant qu'elle ne me le signifie, j'en profite pour lui poser une nouvelle question.

– Lui auriez-vous, comme il le sous-entend, demandé récemment un conseil ?

– Non et non, tout cela est ridicule, ce sont des bobards !

Elle ne me regarde pas et sa voix sonne faux, signe évident qu'elle ne me dit pas la vérité. Ce n'est pas la peine de continuer sur ce sujet, d'ailleurs elle ne me laisse pas l'occasion de poursuivre.

– De toute façon, cela ne justifie pas des menaces ni un chantage... Vous avez d'autres hypothèses ? demande-t-elle d'un ton sec, voulant dire par là qu'elle en a assez de mes questions.

– Il faudrait en savoir plus long sur sa situation actuelle, sur ce qu'il fait. Quelles sont ses fréquentations, la personnalité exacte de sa nouvelle compagne ? Pourquoi ne pas demander à votre collègue de l'Intérieur d'enquêter sur lui ?

– Celui-là, je ne veux rien lui devoir. Il ne m'inspire aucune confiance. Si on met les flics sur le coup, tout va se retrouver dans la presse. Vous voyez déjà le titre de *Libération* : « Un ministre fait enquêter sur son frère » ? Ça fera désordre, *Le Canard enchaîné* reprendra l'information et l'enjolivera, puis *Le Monde* s'en fera l'écho. Tout cela dégagera un parfum de scandale. Pour finir, ce sera détestable pour moi. Non, nous devons nous débrouiller par nous-mêmes... pardon, je dois plutôt m'en occuper moi-même, il y a déjà trop de monde dans le coup...

– Je suis là pour vous aider.

Quand je lui dis cela, son regard s'échappe vers la fenêtre, et si je l'avais fixée attentivement, j'aurais sans doute lu sur ses lèvres une moue dubitative. Elle s'approche de moi, me regarde droit dans les yeux et me souffle :

– Merci. Je vais réfléchir à tout cela. On en reparle un peu plus tard. J'ai Conseil des ministres, je ne dois pas être en retard. Pardon pour tout ce qui vous arrive à cause de moi.

Elle retourne derrière son bureau. Sans me regarder, range ses affaires, prend un dossier noir sur lequel est marqué « Conseil des ministres », attrape son sac à main posé au pied de son fauteuil et, au moment de franchir la porte, m'adresse un petit sourire contraint, puis s'en va.

*

* *

Dès son retour du Conseil, elle me fait demander par sa secrétaire de venir la retrouver tout de suite dans son bureau. À mon entrée, le directeur de cabinet écoute en prenant des notes : elle lui fait le récit de la réunion gouvernementale.

– Olivier, j'en ai pour deux minutes, asseyez-vous, m'ordonne-t-elle. Nous en avons presque terminé. Se tournant à nouveau vers son directeur, elle précise : Le Premier ministre organise la semaine prochaine une réunion interministérielle sur le thème de la simplification administrative. Prenez contact avec ses collaborateurs pour sa préparation : c'est à nous de marquer cette réunion, il ne faut pas nous laisser doubler par un autre ministère, notamment par mon collègue du Budget, toujours à la recherche de publicité pour satisfaire son ambition démesurée. Il est prêt à toutes les bassesses pour se faire valoir devant les journalistes, aux dépens des autres. Le Premier ministre tiendra un point de presse à l'issue de la réunion, je veux être à ses côtés. Il faut aussi que je demande un rendez-vous au président du Sénat : il n'est pas content, car je ne lui ai pas fait de visite de courtoisie... Elle se tourne vers moi : Voyez aussi avec Olivier pour organiser un déjeuner avec les deux présidents de la Commission des lois, celui de l'Assemblée et celui du Sénat, mais séparément : ils se jalousent comme des chiffonniers.

Le directeur note puis se retire du bureau ; elle m'adresse un sourire et me dit :

– Olivier, j'ai bien réfléchi pendant le Conseil ; il faut dire que la traditionnelle communication du ministre des Affaires étrangères était soporifique. Il n'évoquait pas la situation du monde, mais n'a parlé que de lui et de la chance qu'a la France de l'avoir à la tête de sa diplomatie. J'ai compté : il a utilisé dix-neuf fois le « je », et dix fois le « nous » pour ne pas froisser le Président auquel il a naturellement rendu un vibrant hommage... Il nage dans le bonheur d'occuper le Quai et cela se lit sur sa figure : quelle suffisance ! Mais ce n'est pas notre sujet : il convient d'en savoir plus long sur les prétentions de mon frère ; appelez-le pour qu'il précise ce qu'il veut exactement, et savoir qui est ce Russe qu'il tient à me faire rencontrer.

Sa demande me surprend : c'est plus un ordre qu'une sollicitation. Elle n'a pas conscience que, pour moi, appeler son frère est une humiliation, après notre rencontre agressive du Palais-Royal. Elle finit par le percevoir, j'en suis convaincu, mais cela ne semble lui poser aucun problème de me mêler à cet embrouillamini. Au bout d'un instant, comprenant que j'hésite, elle change de ton, ne s'adresse plus à un subordonné, mais sollicite le service d'un ami :

– Oui, cher Olivier, faites cela pour moi...

Malgré moi, je cède. Avant de me remercier avec chaleur, elle me recommande une rencontre discrète, qui n'ait pas lieu dans l'enceinte du ministère :

– Ne le recevez pas ici, il ne faut surtout pas qu'il soit vu dans cette maison !

On frappe à sa porte, l'huissier entre et lui annonce que son rendez-vous est arrivé. Elle lui demande de le faire patienter un petit moment. Elle complète ses instructions :

– Olivier, la partie contre mon frère est délicate, ce n'est pas un tendre, et vos propres recherches, j'en suis certaine, l'inquiètent. Je ne sais pas ce qu'il craint que vous découvriez. Faites attention, arrêtez-vous avant qu'il ne soit trop tard. Merci de votre aide : elle m'est très précieuse.

Elle me fait un nouveau sourire, sonne l'huissier et, avant qu'il n'arrive, me recommande à nouveau d'être discret, de ne parler à personne des contacts avec son frère et, surtout, de ne pas utiliser mon portable ni celui du ministère.

*

* *

Je ne retourne pas dans mon bureau ; je me méfie désormais de mon propre portable et j'appelle le frère depuis la cabine du café qui se trouve de l'autre côté du boulevard Saint-Germain. Je me garde d'utiliser la plus proche, on ne sait jamais. Après trois tentatives infructueuses, j'arrive à le joindre.

– Très bien, elle devient enfin raisonnable, me dit-il. Je veux qu'elle reçoive chaleureusement mon ami le député russe Boris Tchoutsky, qui sera prochainement à Paris. Je vous rappellerai pour fixer une date et convenir de la suite...

En milieu d'après-midi, je profite d'un moment sans rendez-vous pour venir lui rendre compte de mon contact avec son frère. Elle inscrit le nom du député russe sur un Post-it et me demande de me rapprocher de la DST, des RG et du directeur de cabinet du ministre des Affaires étrangères pour en savoir plus long sur ce Russe. Je m'exécute aussitôt en regrettant de ne pas en avoir eu l'idée.

La réponse des services de police ne s'est pas fait attendre ; celle du Quai d'Orsay ne m'est pas encore parvenue. Avant qu'elle ne quitte le ministère – il est alors vingt heures trente –, je retourne dans son bureau :

– Voilà la note sur notre individu.

Je lui tends les trois feuillets transmis par la DST, sur lesquels est indiqué en lettres rouges : « Les informations contenues dans ces documents sont confidentielles et ne doivent pas être diffusées en l'état. »

– Dites-moi ce qui y est précisé, demande-t-elle en se calant dans son fauteuil tandis que je demeure planté devant son bureau.

– Pour la DST comme pour les RG, il s'agit d'un personnage complexe. D'une part, un politicien influent. Il est bien introduit dans les cercles du pouvoir : hier au Soviet suprême, aujourd'hui à la Douma dont il est député. Francophone et francophile – sa grand-mère était parisienne –, membre du groupe parlementaire d'amitié France-Russie. C'est aussi un homme d'affaires actif et, dit-on, sans scrupules. On le trouve dans toutes les grandes négociations commerciales. Quand la Vnechtorgbank a acquis 5 % des actions d'EADS, d'aucuns ont dit que, derrière cette volonté du Kremlin de prendre une influence croissante au sein du géant européen de l'aéronautique, il y avait notre individu qui, par ailleurs, aurait gagné beaucoup en facilitant dernièrement l'installation à Moscou de plusieurs grandes sociétés de l'agro-alimentaire. On le décrit comme prêt à tous les compromis, voire à toutes les compromissions, pour arriver à ses fins. Il se dit conseiller personnel du prince de Monaco et du gouvernement luxembourgeois, ce qui n'est pas anodin. Il mène grand train : jet privé, un Falcon 500, propriété à Nice où il séjourne souvent. Réside régulièrement à Porto-Vecchio, en Corse...

– Il s'agit d'un membre de la mafia russe ?

– Pas vraiment, ou cela dépend de la définition qu'on en donne. C'est une personnalité qui utilise son influence politique – laquelle est grande au Kremlin – pour ses intérêts personnels. C'est ce qu'on appelle un facilitateur d'affaires, un intermédiaire astucieux, à l'entregent reconnu. Certes, il nage souvent, semble-t-il, dans des eaux un peu troubles...

– C'est en somme un profiteur, votre type !

– Ce n'est pas le mien, mais celui de votre frère. Il incite les investisseurs européens à s'installer à Moscou ou à Saint-Pétersbourg. Il se porte garant de la parfaite exécution des accords, et règle rapidement les difficultés avec l'administration russe. Il ne répugne pas à se mêler à certaines transactions contestables pourvu qu'il en tire un bénéfice substantiel. Avec lui, les règlements financiers se font rapidement et la police n'est pas trop regardante sur les mouvements de capitaux. Tout cela a un prix, et la rémunération de ses services transiterait par des comptes ouverts notamment au Luxembourg, mais surtout dans des établissements financiers logés principalement aux Caraïbes. Il interviendrait souvent dans le secteur des grands marchés de travaux publics, mais pas exclusivement ; on dit même voir parfois sa main dans certaines affaires de ventes d'armes de guerre en provenance d'anciens pays de l'Union soviétique. Il aurait aussi noué de précieux contacts avec certains militaires russes soucieux d'arrondir leurs médiocres soldes...

– Drôle de loustic !

– Ce n'est pas un sentimental, en effet, du moins dans les affaires. Il a deux surnoms : « Oncle Boris » pour ceux qui acceptent de composer avec lui, « Renard argenté » pour ses adversaires.

– C'est un parrain ! Je ne dois donc pas le recevoir, qu'en pensez-vous ?

– Je ne sais. De toute évidence, c'est un politicien bien introduit dans les cercles du pouvoir à Moscou. Le Quai d'Orsay ne m'a pas encore répondu, mais je sais qu'il a vu récemment le directeur d'Europe continentale au ministère. C'est vrai que ses activités privées laissent planer un doute sur l'opportunité de le recevoir...

– Il faut savoir pourquoi il souhaite me rencontrer, ce qu'il va me demander...

– Et aussi pour quelle contrepartie votre frère tient-il tant à cette rencontre. Pourquoi ne demanderiez-vous pas au Premier ministre si vous devez le recevoir ?

– Oui, mais s'il me le déconseille et si mon frère l'exige, que ferons-nous ?

Elle s'interrompt, fait la moue, passe sa main dans ses cheveux, me regarde et me dit :

– Je suis dans une situation complexe. Mon frère aura-t-il d'autres exigences ? Où tout cela va-t-il m'entraîner ? Je suis dans un bourbier d'où il est difficile de s'extraire...

Elle s'interrompt à nouveau. Perplexe, son regard erre sur les murs de son bureau. Silence. Elle se tourne vers moi et reprend :

– Je vais réfléchir. La nuit porte conseil, nous en reparlerons.

Le téléphone sonne. Je comprends que c'est le Premier ministre. Je quitte son bureau.

*

* *

Il est vingt heures, Boris Tchoutsky arrive au *Bristol*, rue du Faubourg-Saint-Honoré. Habitué du palace parisien, il apprécie le charme de cet ancien cloître, de son jardin intérieur où il est possible de dîner, l'été, dans un calme délicieux, de ce luxe discret et de bon goût. À chaque séjour il y côtoie des personnalités qui sortent de l'ordinaire. Vladimir Poutine, quand il vient à Paris, descend au *Bristol*, de même que le patron du groupe Emirates, le cheikh Ahmed Bin Saeed Al-Maktoum, qui, dans sa suite de trois cents mètres carrés, négocie l'achat d'Airbus, entre autres personnages qui font la une de l'actualité dans le monde des affaires et dans celui de la politique internationale.

Michel, l'éternel et inoxydable portier – il travaille au *Bristol* depuis plus de trente ans – est tout surpris de le voir descendre d'une Citroën C 6 : généralement, il préfère les Mercedes ou les BMW.

– Cela nous fait plaisir de vous revoir, monsieur, surtout au volant d'une voiture française, lui dit-il en lui ouvrant la portière.

– J'ai voulu essayer, lui répond Boris Tchoutsky. Elle n'est pas mal, les Français progressent, ils vont finir par rattraper les Anglais et les Allemands. Tant mieux ! s'exclame-t-il dans un français parfait, et, sans attendre de réponse, il pénètre d'un pas décidé dans l'hôtel, admire d'un coup d'œil le magnifique bouquet de fleurs, répond d'un geste au salut du concierge et se dirige vers le bar.

L'y attend celui qu'il appelle son « assistant » parisien, homme à tout faire, aussi bien secrétaire, conseiller, preneur de rendez-vous, chauffeur, garde du corps, représentant, complice et même parfois confident : Claude Ménager. Ancien de La Voix des prolétaires, lui aussi a vite compris que le combat idéologique ne nourrit pas son homme et que le luxe a du bon. Devenu avocat après ses études à la faculté de droit de Paris et les clients ne se pressant pas à la porte de son cabinet, il aurait, d'après les RG, profité d'une petite réception au Centre de commerce franco-russe, avenue des Champs-Élysées, pour lier connaissance avec Boris Tchoutsky, lui offrir ses services, puis lui devenir indispensable. Toujours à l'affût de ce qui peut persuader son patron qu'il bénéficie de hautes relations dans la société politique française, quand il a appris que la sœur de son ancien camarade de manif, comme lui reconverti dans les affaires, était devenue ministre, il n'a eu de cesse d'organiser une rencontre entre elle et son patron. Guy en a parlé à deux reprises avec sa sœur, la dernière fois lors de leur dîner au *Récamier*, mais elle a catégoriquement refusé ; il en a informé Claude Ménager qui lui a répondu : « Nous allons préparer le terrain en *chauffant* son chef de cabinet ; c'est toujours comme ça que je pratique, et en général ça marche. Je te dirai quand tu pourras prendre contact avec lui. »

Assis en face de lui, Guy est impatient de faire la connaissance de Tchoutsky. Celui-ci leur serre chaleureusement la main et s'assoit entre eux deux. Le maître d'hôtel, qui connaît ses goûts, lui apporte, sans qu'il l'ait commandée, une double Suze dans un grand verre, à quoi il a ajouté cinq gouttes de vodka, une feuille de menthe et deux cubes de glace.

La conversation entre les trois hommes dure une bonne vingtaine de minutes.

## Chapitre 18

Pourtant rompus à ce genre d'obligation hélas souvent indispensable, les deux policiers qui planquent dans une camionnette banalisée de la police – un « sous-marin », comme on dit dans leur jargon – trouvent le temps long. Cela fait plusieurs heures qu'ils stationnent à proximité de l'entrée du secrétariat d'État, rue du Bac.

– Pourquoi t'es flic ? demande l'un à son collègue.

– Papa flic plus maman flic, ça donne fiston flic. Et toi ?

– C'est plus compliqué : le hasard. Dans mon lycée avait été organisé un forum des métiers, je ne savais pas quoi faire, j'y suis allé, la nénette qui tenait le stand de la Police nationale était canon, j'ai essayé de la draguer, c'est elle qui m'a embobiné, je me suis inscrit aux exams pour être flic et ça a marché.

– Et avec la fille ?

– Elle n'a rien voulu savoir.

– Tu regrettes ?

– La fille oui, elle était top !

– Non, d'être devenu flic.

– Ça dépend des jours, mais depuis que je suis à la Crim, pas du tout. Regarde ce que je vois là-bas, vise un peu le loustic, il ne va pas être déçu du voyage...

– Je crois qu'on va gagner le gros lot !

Un simple coup d'œil à la photo en leur possession, saisie lors de la discrète perquisition dans la loge de concierge de ses parents, leur permet d'être certain que c'est bien lui qu'ils attendent. Maintenant, il faut éviter qu'il s'enfuie au moment de son interpellation. Apparemment, il ne se doute de rien, c'est déjà une bonne chose, mais on ne sait jamais. Il est jeune, svelte et court sûrement vite. Le patron a demandé de l'appréhender si possible discrètement. Ils vont s'y efforcer, mais, en bons professionnels, ils savent que tout ne se déroule pas toujours comme on l'espère ni comme l'ordonnent les chefs. Ils entrouvrent doucement leur portière, se tassent sur leur siège, ne bougent pas pour ne pas attirer l'attention. Dès que le garçon arrive à leur hauteur, ils bondissent hors du véhicule, l'un des policiers se campe face à lui tandis que l'autre, d'un pas rapide, se colle juste derrière pour lui barrer la route au cas où il lui viendrait l'idée de détaler. En réalité, la surprise joue le rôle d'un puissant anesthésiant ; il n'a pas le temps de réagir, même s'il jette un regard en arrière. Le premier policier exhibe sa carte professionnelle et lui ordonne de le suivre, l'autre lui empoigne le bras et le pousse vers la camionnette dont les portières sont demeurées ouvertes. Il y entre sans opposer la moindre résistance. Le véhicule de police démarre et, sans utiliser son klaxon à deux tons, prend la direction du quai des Orfèvres.

Pendant les cinq minutes du trajet, l'interpellé ne parle pas, ne réclame pas d'explications, ne crie pas au scandale. Il donne l'impression d'être ailleurs. Il a le regard fixe de certains drogués. On le fait immédiatement monter au troisième étage où Marcel, le chef du groupe, prévenu par ses collègues, l'attend pour l'interroger.

Après lui avoir fait décliner son identité, il lui

demande ce qu'il faisait dans la nuit du 1er septembre au bois de Boulogne.

Il ne répond pas. Marcel réitère sa question. Il demeure toujours silencieux, le regard tourné vers la fenêtre.

Marcel fait signe à son collègue de faire attention pour le cas où il viendrait à l'idée du garçon de se balancer par la fenêtre.

– Il est complètement shooté, constate un policier.

– Fais venir un médecin, ordonne Marcel.

– Non, je suis pas camé, dit le fils du concierge. Je ne comprends pas pourquoi je suis ici. Ça n'est pas chez moi. Je ne vous connais pas. Vous n'êtes pas mon père !

– Il se fout de nous, ou alors il est givré !

– Que voulez-vous de moi ? Pourquoi m'avoir enlevé ?

– Pour savoir ce que tu fabriquais la nuit du 1er septembre.

– Aucune idée, je dormais avec une copine.

– Où et son nom, s'il te plaît ?

– Je ne sais plus, je ne demande pas leur identité aux filles avant de les sauter.

– Tu nous prends pour des nazes ! Où étais-tu ?

– Ailleurs, nulle part, dans cette putain de société à la con !

– Connais-tu le bois de Boulogne ?

– Pas spécialement.

– Tu vas arrêter de déconner ? demande Marcel en haussant la voix.

– Ne criez pas, ça va faire exploser ma tête...

– Chef, dit l'un des enquêteurs, il est fêlé !

– Non, il joue au con, c'est différent. Foutez-le dans une cellule de garde à vue le temps qu'un toubib l'examine. Vous me le mettez dans celle des dingues. Et, surtout, qu'il soit tout seul, ordonne Marcel.

Le fils du concierge du ministère se retrouve dans une des trois cellules exiguës réservées aux drogués, où transitent chaque année plus d'un millier d'individus. Constellées de graffitis souvent obscènes, d'inscriptions pour la plupart incompréhensibles, elles suintent le désespoir. Sans conteste, c'est l'un des endroits les plus sordides du quai des Orfèvres.

Au bout de trente-cinq minutes, Marcel, averti par l'un de ses collègues que le fils du concierge est enfin disposé à répondre aux questions, ordonne son extraction et se retrouve face à lui. Nul besoin de l'interroger. Dès son entrée dans le bureau, il s'adressa à Marcel :

– Je vais tout vous dire. C'est à la fois très simple et très compliqué. C'est dingue. Je le connaissais un peu, je l'avais croisé dans des manifs, il était connu sous le nom de Pilote. Je l'ai rencontré il y a pas si longtemps, boulevard Saint-Michel, il m'a filé des tunes pour que je barbouille le hall du ministère, il savait que mon père y était concierge, j'avais besoin de fric, j'ai accepté. Il est revenu me retrouver et m'a demandé de continuer à la faire chier...

– Faire chier qui ? l'interrompt Marcel.

– Elle, répond le fils du concierge.

– Qui ça, elle ? demande le policier.

Il a fort bien compris de qui il s'agit, mais veut que le fils de concierge le lui confirme :

– Ben, la ministre.

– Pourquoi elle ?

– J'sais pas. Il m'a dit qu'il avait un compte à régler avec elle. J'ai refusé de continuer à déconner. Il m'a proposé du fric. J'en avais besoin, mais j'ai pas marché, je veux pas que mon père soit viré à cause de moi. Et puis, il n'y a pas si longtemps, il m'a attendu devant le ministère et m'a dit que j'étais un lâche, une couille molle, que j'abandonnais la cause des prolétaires. J'avais la clef de la voiture de mon père, on l'a prise, je voulais éviter qu'on se tape devant le ministère. Il a crié. Il était complètement azimuté. Il a exigé que je lui donne les clefs du ministère. Il voulait l'attendre dans son bureau pour avoir une petite conversation avec elle. J'ai dit non et je l'ai envoyé chier. Il a explosé, m'a injurié, a proposé du fric. Il était rouge de colère et, tout d'un coup, il a déjanté, s'est écroulé à côté de moi. Je vous jure que c'est pas du baratin. J'ai paniqué et je l'ai viré dès que j'ai pu, au bois de Boulogne, je ne sais même plus où. C'est vrai...

– Pourquoi s'en est-il pris à la ministre ? insiste Marcel.

– J'sais pas, il m'a dit qu'elle n'était pas réglo, que c'était une copine, qu'il lui avait monté un *chantier* et qu'elle devait payer. Je vous jure que c'est la vérité. Je ne l'ai pas descendu...

– Je veux bien te croire. Mon collègue va prendre ta déposition et nous aviserons ensuite.

Pendant ce temps, Marcel file chez le patron de la Criminelle lui rendre compte de l'interrogatoire. Beinhart l'écoute attentivement, sans l'interrompre. Il prend une cigarette et l'écrase sans même la porter à ses lèvres : il a décidé d'arrêter de fumer. Il saisit d'un geste nerveux la bouteille d'eau qui se trouve devant lui, s'en verse un grand verre qu'il boit d'une traite. Chaque fois qu'il est rattrapé par le besoin de nicotine, il agit ainsi. Marcel poursuit son récit et lui rapporte avec précision ce qu'a avoué le fils du concierge pour ce qui concerne les relations entre Pilote et la ministre. Vieux routier du quai des Orfèvres, il se méfie de la politique et n'aime pas ces voyous qui mettent en cause des ministres pour se dédouaner.

Respectueux du personnel politique, il n'a pourtant jamais voulu être un courtisan ni arrimer sa carrière de flic à un parti. Il a d'ailleurs été choqué d'entendre à la télévision l'une de ses collègues, pour laquelle il a estime et même admiration, prendre parti pour un candidat, lors de la dernière présidentielle. Il l'a appelée aussitôt pour lui dire sa déception qu'elle ait agi de la sorte. Il sait aussi d'expérience que le quai des Orfèvres est un carrefour où se croisent des influences diverses, parfois contradictoires, pas seulement politiques. Il en a connu des avancements rapides injustifiés, des promotions trop longues à venir ! Le fait de mettre aussi directement en cause un ministre va l'obliger à en informer sa hiérarchie, à en parler au préfet de police, peut-être même, à la demande du magistrat instructeur, à entendre la ministre comme témoin. Lorsque Marcel termine son compte rendu, il réfléchit un court instant et dit :

– Bien, on progresse doucement. L'affaire s'éclaircit, pas l'horizon. En attendant, vous prenez bien sa déposition, que le procédurier fasse gaffe : ça sent l'embrouille. Vous procéderez à la saisie du véhicule pour le faire passer au peigne fin par les collègues de l'Identité judiciaire. Comme on a trouvé sur place une empreinte de chaussure, tu fais examiner toutes ses pompes, et tu vas voir le juge pour la suite. Vous avez tous bien bossé, bravo ! Pour autant, nous ne sommes pas au bout de nos peines !

## Chapitre 19

Peu avant trois heures du matin, je me retrouve assis dans mon lit. J'ignore ce qui m'a si soudainement réveillé. J'écoute. Pas le moindre bruit dans mon petit appartement. Il ne me semble pas avoir rêvé, encore moins cauchemardé. L'angoisse qui m'a étreint les jours précédents s'est pourtant estompée. Je me suis couché à mon heure habituelle, après avoir lu une dizaine de pages des *Mémoires d'outre-tombe*, l'un de mes livres de chevet préférés. Il ne fait pas trop chaud dans ma chambre, ni d'ailleurs trop froid. Je ne comprends pas ce qui se passe. Pourquoi suis-je assis dans mon lit ? Cela ne m'arrive jamais. Je me lève, examine mon portable pour voir si j'ai un message. Rien n'est enregistré. C'est dimanche, je n'ai pas de programme précis, simplement l'intention de prendre ma bicyclette et de pédaler pendant deux heures dans Paris, puis autour du champ de courses de Longchamp. Je regarde par la fenêtre, je ne ferme jamais les volets. La rue est calme, la façade de l'immeuble d'en face est sombre, aucune fenêtre n'est éclairée, les voisins dorment. Naturellement, les poubelles ne sont pas sorties, c'est dimanche, les éboueurs ne passent pas ce jour-là. Ce ne sont donc pas eux qui m'ont fait émerger du sommeil. Je distingue, grâce à la lumière d'un réverbère, la devanture de la pharmacie : elle est tirée.

C'est normal à cette heure, et le dimanche elle n'ouvre pas, sauf lorsqu'elle est de garde. Je me recouche, reste un moment aux aguets, me rendors.

À huit heures, mon portable vibre. Je le saisis immédiatement. C'est elle !

– Olivier, pardon de vous déranger si tôt un dimanche, mais je n'ai pas fermé l'œil de la nuit, me dit-elle d'une voix angoissée. Cette affaire me ronge. Je ne veux pas recevoir ce Russe. Si je commence à céder au chantage de mon frère, je suis perdue. J'ai besoin d'en reparler avec vous. Êtes-vous libre à déjeuner ? Nous pourrions nous retrouver au ministère puis dans ce bistrot dans le quartier...

– Madame la ministre, je suis à votre disposition, je n'ai rien de spécial à faire. Je vous retrouve donc à treize heures.

– Merci. Mais, réflexion faite, donnons-nous rendez-vous directement au *Voltaire*. Vous voyez où il se trouve : près de là où habite désormais Chirac, il y a des flics devant la porte, c'est à cent mètres...

– À côté de là où vécut Montherlant.

– Ah, c'est bien possible...

– Vous connaissez *La Ville dont le prince est un enfant*, *La Reine morte* ?...

– Pas vraiment. Mais on se retrouve.

– Oui, au *Voltaire*, pour déjeuner.

Je suis à ce point conditionné par ma formation que je ne peux m'empêcher d'étaler mon savoir ou de vérifier celui d'autrui. Cela met souvent mes amis dans une posture désagréable. Ils ont le sentiment que je cherche à briller à leurs dépens. Cela m'a aussi valu quelques déboires avec les femmes que je voulais conquérir, qui me trouvaient un brin pédant. Mais c'est plus fort que moi.

*

* *

Elle m'attend ; je le remarque tout de suite, ses traits sont tirés, elle semble fatiguée. Elle n'est pas, comme à son habitude, bien coiffée. Elle porte seulement un haut de survêtement et un jean délavé. Attablée au fond de la salle, elle me désigne la chaise en face d'elle, se lève sans légèreté pour m'embrasser sur les deux joues, me remercie d'être venu la rejoindre.

– Je tenais absolument à vous voir. J'ai besoin de vous parler de notre affaire, vous êtes le seul avec qui je peux le faire.

Et, sans attendre, elle me fait le récit suivant :

– Hier soir, le ministre de l'Intérieur m'a appelée. Le fils du concierge, interpellé par les policiers, a avoué avoir barbouillé le hall du ministère, mais surtout m'a mise en cause dans une affaire compliquée. Un individu est mort dans sa voiture et il a balancé le corps dans un fourré du bois de Boulogne...

– Et alors, qu'y pouvez-vous ?

– Il a précisé que l'individu, avant de mourir, a dit me connaître...

– Est-ce exact ?

– Ça n'est pas faux.

– Et quel est le problème ?

– Je vais devoir répondre aux questions d'un juge ou des policiers. Ce n'est pas très agréable.

– Si je comprends bien, un individu décède dans une voiture, il était en compagnie du fils de notre concierge, et peu auparavant il a prétendu vous connaître. Qui était ce type ? Un de vos amis ?

– Il s'appelait Didier Darak, mais était connu auprès de certains sous le sobriquet de Pilote...

– Ah, Pilote, je vois : cela se complique, je commence à comprendre votre inquiétude !

– Vous le connaissiez ? me demande-t-elle non sans surprise.

– Naturellement, votre frère m'en a parlé. C'était, comment dire, votre ami...

– Vous voulez dire : mon amant. Oui, il le fut, mais c'était terminé depuis longtemps.

– Et que voulait-il ?

– S'introduire dans mon bureau, et m'y attendre.

– Pourquoi ?

– Je ne sais pas.

– Il faut me dire la vérité, si vous voulez que je vous aide.

– Mon ex-amant veut me faire chanter et meurt en compagnie du fils du concierge de mon ministère qui, l'imbécile, jette son corps dans un fourré du bois de Boulogne ! Ça fait désordre et fera les choux gras des journalistes. Et puis, il y a mon frère qui veut lui aussi me faire chanter et exige que je reçoive un affairiste russe. Je ne m'en sortirai pas ! Il est préférable que je démissionne et reprenne une petite vie anonyme. Qu'en pensez-vous ?

– À vous de décider de ce que vous désirez faire. Depuis que je vous connais – ça ne fait pas longtemps, il est vrai –, je vous trouve toujours sur la réserve quand il est question de votre passé politique que vous traînez comme un boulet. Vous leur offrez la possibilité de l'utiliser contre vous. Vous avez été séduite par l'extrême gauche ? Vous n'êtes pas la première ! Vous avez viré de bord politique ? Vous ne serez pas la dernière ! Toute notre histoire politique, et pas seulement depuis Ganelon qui trahit Charlemagne – souvenez-vous de la *Chanson de Roland* –, regorge de personnages qui trahissent, se renient, rallient l'ennemi d'hier. Tout cela est banal. Le goût du pouvoir est souvent plus fort que les convictions. Que ne ferait-on pas pour un fauteuil de ministre ? Vous direz, comme les autres, que vous avez évolué dans votre réflexion, que vous avez souhaité être utile à votre pays, que les notions de gauche et de droite n'ont plus de sens, ce qui n'est d'ailleurs pas tout à fait faux. Bref, assumez simplement. Les journalistes se foutent des personnages qui assument leurs actes...

– Oui, peut-être bien. Mais mes amis d'hier m'ont aidée et veulent tirer des dividendes de ma réussite.

– Ça veut dire quoi ? Vous devez quelque chose à Pilote et à votre frère ?

– Un peu...

– Soyez précise ! Ne tergiversez pas, c'est inutile.

Elle commence à m'énerver à ne pas vraiment dire les choses comme elles sont. Elle perçoit que le ton de ma voix a changé.

– Ne soyez pas si dur avec moi...

– Pilote était-il l'homme du Palais-Royal ?

– Oui.

– Pourquoi cette rencontre rocambolesque ?

– Nous avions mis au point un scénario. Il est absurde, j'en ai maintenant conscience : celui de l'infiltration des cercles politiques de droite. Notre conviction était que la gauche française allait rester encore pour un temps assez long dans l'opposition. Elle n'était plus crédible, ses dirigeants étaient démodés. Elle ne donnait même plus l'illusion de souhaiter une société meilleure. Elle se retrouvait dans un cul-de-sac. Nous ne pouvions accepter cela sans réagir. Il nous fallait infiltrer la citadelle de droite et j'étais la tête de pont de ce projet...

– Le cheval de Troie, en quelque sorte !

– Si vous voulez. J'en conviens, notre naïveté

n'avait pas de bornes. J'ai bénéficié de la relation nouée naguère avec le futur Premier ministre sans savoir qu'il deviendrait un jour chef du gouvernement. Au nom de l'ouverture politique, de la parité, de la rupture, de la nouveauté, je suis devenue ministre...

– Donc au nom de votre proximité avec le Premier ministre...

– Vous voulez dire que j'aurais couché avec lui ?

Me regardant droit dans les yeux, elle nie :

– Non, contrairement à ce que vous pensez, je ne couche pas avec tout le monde, même si je suis une femme ambitieuse et libre... Je suis donc entrée au gouvernement, et Pilote puis mon frère ont voulu que je renvoie l'ascenseur. Pilote, dans un premier temps, a exigé que j'emploie à mon cabinet certains de ses camarades : je les connais, des incapables, au surplus sectaires. Puis il a exigé que je l'embauche, lui. Il voulait se charger du travail d'infiltration des rouages de l'État, puis profiter de sa situation auprès de moi pour gagner de l'argent. J'ai résisté. Plus je m'opposais à ses desiderata, plus il est devenu agressif, haineux, menaçant. Il me harcelait sans arrêt. Mon frère, lui, beaucoup plus prosaïque, souhaitait uniquement retirer des bénéfices financiers, des commandes publiques sur lesquelles il pourrait obtenir de substantielles commissions. Lui aussi m'a sommée de le recruter. J'ai refusé de lui donner satisfaction. Je lui ai expliqué que mes collaborateurs m'avaient été imposés par l'Élysée. Le seul que j'ai pu finalement engager, c'est vous. La chance était ce jour-là de mon côté...

– C'est le miracle du Palais-Royal, dis-je en souriant.

Elle ne relève pas, ce qui me contrarie un brin. Tout à son récit, elle poursuit :

– Pilote n'a donc pas admis que je lui résiste, il est

alors entré dans une logique de rétorsion : il en allait de son autorité vis-à-vis de ses camarades. Ce furent la voiture incendiée devant le ministère, les slogans peints dans le hall. Il a cherché à faire pression sur mon frère, mais celui-ci n'est plus intéressé que par l'argent, il se fout de la politique s'il n'en tire pas un profit financier. Quand Pilote s'est rendu compte que mon frère jouait solo, il a déniché ce pauvre imbécile de fils du concierge, facilement manipulable et cupide. Voilà le film des événements...

– Pilote est mort, c'est une bonne nouvelle. Il ne reste plus que votre frère...

– Mais Pilote avait des lieutenants, comme il les appelait : des brutes bornées, capables de croire que j'ai fait assassiner leur chef et de se venger...

– Que voulez-vous faire ?

– Je ne sais pas. Que me proposez-vous comme solution ?

– Vous convoquez votre frère et lui dites sans ambiguïté que vous n'entrerez pas dans ses combines, et que s'il persiste à vous ennuyer, vous n'hésiterez pas à déposer plainte contre lui pour chantage, tentative d'extorsion... Montrez-vous déterminée, sans faiblesse... Pour l'autre individu, si la police vous interroge, dites la vérité : que vous avez rejeté ses exigences...

– Je vais réfléchir. En attendant, déjeunons. Vous m'avez donné faim, en mangeant tout le pain de la corbeille. Prenons une salade, un verre de sancerre rouge, un dessert, puis allons nous promener le long des berges, elles sont fermées à la circulation et il fait beau.

– D'accord sur ce programme, mais quand vous dites que vous n'aimez pas diriger, j'ai un peu de mal à vous croire... Vous venez même de m'imposer mon menu.

Elle sourit, pose sa main sur la mienne et se justifie en disant qu'elle a décidé cela pour ma ligne. Elle ajoute :

– C'est vrai, j'aime prendre l'initiative, ne pas subir les événements...

– Prouvez-le, réagissez, déposez plainte !

– Nous verrons. Pas de décision trop hâtive, il faut donner du temps au temps...

– C'est la marque de l'indécision...

– Ou de la sagesse ?

Pendant plus d'une heure, nous déambulons le long de la Seine, d'abord rive droite. Elle évoque son enfance, son père souffrant d'une grave insuffisance cardiaque, l'inquiétude permanente de sa mère, le frère aîné qui a remplacé un père entièrement tourné vers sa maladie. Nous passons devant l'ancienne gare d'Orsay, resplendissante depuis que le ravalement de sa façade est terminé. Elle est surprise que je sache le nom de son architecte, Victor Laloux, si oublié aujourd'hui. De l'austère cour carrée du Louvre à la colonnade de Perrot en passant par le charme discret de la place Dauphine, nous admirons ces hauts lieux de la France de jadis. Sur la passerelle des Arts, face à l'élégante coupole de l'Institut, elle me prend par le bras, suggère de nous asseoir un moment et, après un bref silence, me dit :

– Vous enquêtez toujours sur l'ultragauche ? Vos recherches avancent-elles comme vous le souhaitez ?

– Absolument. Le sujet me passionne, je découvre là un monde étrange avec ses hiérarchies, ses querelles incompréhensibles, ses règlements de comptes et ses rivalités. Les stratégies d'infiltration dans les milieux associatifs des militants de Ligue ouvrière ou de la Ligue révolutionnaire sont très intéressantes à suivre. Auparavant, je ne soupçonnais pas la réalité de cet entrisme. J'ai trouvé une petite étude décrivant comment, dans un quartier d'une ville de banlieue, des militants de la Ligue avaient pris le contrôle de plusieurs associations de locataires et animaient une révolte permanente contre le bailleur social. Grâce à Internet, je vais pouvoir interroger des anciens militants. Je me fais passer pour un vieux gaucho à la recherche de vieux camarades. J'ai pris aussi contact avec des trotskistes passés au parti socialiste ; là, je dis être prof d'histoire. Certains commencent à répondre. J'use naturellement d'un pseudonyme...

– Faites attention, ne soyez pas trop naïf. Vous avez affaire à des personnages souvent exaltés. Attention à vous : vos recherches inquiètent...

– N'avez-vous pas l'impression que nous sommes déjà épiés ?

C'est ce que je ressens depuis un petit moment. Je n'ai rien dit au début, puis, ce sentiment perdurant, je lui en fais part. Nous nous arrêtons pour scruter ce qui nous entoure. A priori, rien de suspect : la foule habituelle d'enfants, de parents, de sportifs, de flâneurs, d'amoureux, de touristes, appareils photo à la main ou en bandoulière, qui, le dimanche après-midi, se retrouvent sur les quais de la Seine.

– Décontractez-vous. Peut-être avez-vous peur qu'on nous voie ensemble, moi accrochée à votre bras ? De toute façon, il faut que je vous quitte. J'ai passé, grâce à votre gentillesse, un apaisant dimanche après-midi. Je vous remercie. Je me sens un peu lasse, je vais rentrer tranquillement chez moi. Prenez garde à vous.

Elle m'embrasse en effleurant mes lèvres et s'éloigne dans la rue de Seine.

Je retrouve mon vélo accroché à un panneau indicateur, non loin du *Voltaire*.

## Chapitre 20

Le concierge m'attend à l'entrée du ministère. Dès qu'il m'aperçoit, il se précipite à ma rencontre et dit vouloir me parler de toute urgence. Je lui propose de venir dans mon bureau en fin de matinée. Il insiste pour que ce soit tout de suite et m'entraîne vers sa loge. Il a trouvé des documents probablement cachés par son fils, il ne veut pas les garder et me les flanque entre les mains en me suppliant de les prendre et de l'en débarrasser à jamais.

En regagnant mon bureau, j'examine rapidement le dossier composé en fait de deux feuillets. L'un est vierge de toute écriture, mais est à en-tête de la Société européenne de conseil en négoce international, dont le siège social est avenue Montaigne, à Paris. L'autre fait allusion à une « demande de cotation » concernant trois cents boîtes de sardines, cent de haricots rouges, ainsi que deux cents kilos de farine de poisson. Y est aussi inscrit au crayon rouge : « Inclure la livraison et le suivi sur place »... Je ne comprends pas bien ce dont il s'agit et glisse soigneusement les deux feuillets dans un dossier consacré aux réponses aux questions écrites des députés. Le décryptage de ces documents peut intéresser d'autres que moi. Je n'ai pas le temps de m'en occuper : je dois recevoir un maire qui souhaite la venue dans sa ville de la ministre, puis j'ai rendez-vous à la buvette de l'Assemblée avec Victoire, la chef de cabinet du Premier ministre.

*

* *

– Vois, me dit-elle, comme c'est splendide. C'est à la fin du XVIIIe siècle qu'un certain Jacob, limonadier de son état, a obtenu la faveur d'installer au cœur du palais Bourbon un débit de boissons. Ici, autour de ce zinc, certains ont eu la chance d'être les acteurs ou témoins des grands et petits événements qui ont passionné le microcosme politique parisien. C'est à ce comptoir, dans cette salle au décor si original, que se racontent les bonnes et méchantes histoires, que se colportent les potins, se propagent les rumeurs, surtout quand elles sont extravagantes.

Victoire, excellente observatrice du monde parlementaire, est manifestement ravie de me le faire découvrir :

– C'est ici, lors des débats importants, que se nouent des sympathies, s'organisent des rapprochements, se préparent des stratégies, échouent des tactiques, se fomentent des conjurations, s'annoncent des trahisons et parfois se scellent des réconciliations.

Elle se rapproche de moi et poursuit, heureuse d'étaler son savoir et de me prodiguer ses conseils :

– Pour bien informer ta ministre, la veille d'un débat la concernant, tu dois passer ici un moment, bavarder avec les uns et les autres, écouter, interroger, enregistrer les réactions sur le projet qui va être discuté. N'oublie jamais non plus de faire venir de temps à autre ta ministre pour y déjeuner. Après les questions au gouvernement, le mardi ou le mercredi, elle doit y faire un tour ; un quart d'heure, pas plus, autrement les députés diraient qu'elle n'a rien à faire. Elle n'oubliera pas de bavarder avec les élus de l'opposition. C'est ainsi qu'elle gagnera progressivement l'estime de tous. Enfin, je te conseille d'y passer aussi lors des remaniements ministériels. Tu compatiras à la tristesse de ceux qui viennent ici noyer leur amertume, critiquer le gouvernement dont ils ne font pas partie, prédire son prochain échec.

Tandis que Victoire me décrit les us et coutumes de ce haut lieu, un député que je ne connais pas s'approche d'elle, l'embrasse et, se tournant vers moi, me demande auprès de quel ministre je « bosse ». Je n'ai pas fini de lui répondre qu'il me coupe la parole :

– Êtes-vous aussi gauchiste ? J'espère que non. Dites à votre chère ministre d'oublier ses idées farfelues. Elle veut réformer ou rénover l'État ? Il n'y a qu'une façon : virer tous les fonctionnaires, particulièrement dans l'agriculture. N'oubliez pas non plus ceux de Bruxelles, ces planqués qui ne font qu'enculer les mouches et emmerder les paysans avec leurs règlementations débiles. Tous des jean-foutres ! Croyez-moi, vous n'allez pas chômer. Y en a marre de ces ronds-de-cuir qui nous pourrissent la vie !

Ce réquisitoire terminé, il va rejoindre trois autres députés déjà installés pour déjeuner. Victoire me rassure :

– Avec lui il ne faut jamais se formaliser. C'est une grande gueule, toujours provocateur, souvent excessif ; il a un bon fond mais croit toujours qu'en criant il se fait mieux entendre. Tout ce qu'il exprime n'est pas à rejeter a priori, mais peu importe, je voulais bavarder avec toi de choses plus sérieuses. Allons nous asseoir dehors, nous serons plus tranquilles.

Après avoir, d'un rapide coup d'œil, admiré la vue

sur la place de la Condorde, nous nous installons à l'écart. Elle me dit alors :

– Le Premier ministre mise sur ta ministre. Il a de la sympathie pour elle. Il est important qu'elle acquière rapidement une influence politique et, le moment venu, devienne un élément important de ses réseaux.

– Vous constituez des réseaux ? Nous ne sommes pourtant pas en guerre, les élections sont terminées, le Président et le Premier ministre disposent d'une majorité confortable, l'opposition est atone, divisée, certains de ses membres éminents ont rejoint le gouvernement...

– Cher Olivier, ne sois pas plus naïf que tu ne l'es. La politique est un combat permanent. Toi, gaucho, souviens-toi de ce que disait Mao : « Si tu veux la paix, prépare la guerre », ou quelque chose comme ça. Pour bénéficier de bons rapports avec tes amis politiques, qui sont bien plus redoutables que tes ennemis, tu dois te faire respecter. Or le respect vient de la crainte qu'on inspire. Si tu es seul, tu bénéficieras à la rigueur d'une certaine considération, mais tu ne feras pas une grande carrière. C'est grâce à mon patron que ta boss est ministre, elle ne doit jamais l'oublier et lui en être toujours reconnaissante.

Je l'écoute avec attention, puis lui rappelle que ma ministre est au gouvernement grâce surtout au Président qui l'y a nommée, mais Victoire n'accorde à cette remarque aucun intérêt, elle n'y répond même pas et je l'entends me dépeindre un tableau pas très euphorisant des rapports entre politiques, des luttes de clans, des affrontements au sein de la majorité entre anciens et nouveaux, des exigences des ralliés de la dernière heure, de l'amertume de certains de n'être pas encore ministres alors qu'ils avaient été les premiers à lâcher l'ancien président. Je lui demande de me préciser quel doit être mon rôle. Sans hésiter, elle me répond :

– Comme chef de cabinet, ta vigilance quotidienne à ses côtés est essentielle pour éviter toute dérive politique. Tu comprends ce que je veux dire ?

– Pas complètement : je suis naïf...

– C'est ce qu'on dit quand on ne l'est pas. Je vais, cher Olivier, être plus explicite. Tu vas rassembler autour de ta ministre le maximum de personnalités de gauche qui, le moment venu, pourront être mobilisables pour défendre mon patron. Avec elle, naturellement, tu es, pardonne l'expression, l'un de nos poissons-pilotes dans l'océan agité de la gauche...

– L'expression en effet est imagée. Mais le Premier ministre a-t-il l'intention de partir en guerre contre le président de la République ?

– Ce n'est pas ce que j'ai dit, cher Olivier. Leurs rapports sont excellents, *Le Figaro* l'écrit quotidiennement, c'est donc vrai, lâche-t-elle avec un petit sourire malicieux. Leurs indices de popularité sont parallèles, positifs, orientés vers la hausse. Tout va bien... pour l'instant ! C'est ce qu'on appelle l'état de grâce. Le Président fait tout, est partout, gère tout. Il est omniprésent et « tient » la presse de façon remarquable. C'est un communicateur génial. Pour l'instant, le Premier ministre accepte sans broncher, il ne peut d'ailleurs faire autrement. Le Président ne lui laisse aucune liberté d'action et, de ce fait, il n'a aucune autorité sur la majorité. Mais tu sais, en politique, ce qui est vrai un jour ne l'est plus forcément le lendemain. Il faut tout prévoir, et l'invraisemblable devient souvent un jour réalité. À un moment donné, les courbes de popularité s'inversent et divergent, les Français sont versatiles et zappent facilement. En France, il y a tout le temps des élections. Les journalistes n'aiment pas les gens au pouvoir, et comme ils n'osent critiquer le Président, ils ciblent le Premier ministre. Bref, mon patron ne veut pas être sacrifié sur l'autel des combinaisons politiques. Il tient à assurer son destin national : il est encore jeune. Matignon, tu vas vite t'en rendre compte, est une maison très convoitée. Pour éviter les mauvaises surprises, il doit s'appuyer sur des ministres loyaux – en ce domaine, ne nous faisons pas trop d'illusions... –, sur des parlementaires de la majorité fidèles – moins difficile, vu leur nombre et leurs rivalités internes. Il doit surtout compter sur des forces extraministérielles et extraparlementaires, sur des personnalités issues d'horizons idéologiques différents, notamment de gauche. Tu vois le rôle que tu as à jouer auprès d'elle. Je suis chargée de mettre en place, le plus discrètement possible, de tels réseaux. Passionnant...

– Sûrement, mais à parler franc je ne vois pas très bien quel peut être ici mon rôle précis. La politique est son domaine, je suis seulement responsable de ses discours, d'organiser son travail, je ne suis qu'un humble collaborateur...

– À son cabinet, avec Marie, vous êtes les deux seuls politiques. Tu dois donc rassembler rapidement autour d'elle des élues. Nous, les femmes, sommes aujourd'hui un bon produit d'appel, comme on dit dans la pub. Profitons-en, organise-lui un groupe d'élues de gauche, députés, maires, présidentes d'associations, qu'elle rencontrera pour parler de la réforme de l'État ; ce sera prétexte à réunions fréquentes. Elle invitera le Premier ministre à venir déjeuner avec elles. Faisons de l'entrisme dans le milieu associatif et politique de gauche !

– Tu veux que je sois une tête de pont servant à pénétrer la gauche ? dis-je en esquissant un petit sourire qu'elle ne perçoit pas, tant elle paraît exaltée par son propos.

Pour mieux préciser le rôle qu'elle m'assigne, elle confirme :

– Oui, c'est cela : une passerelle entre mon patron et la gauche. Et puis, dans l'immédiat, ce sera très utile au Parlement. Le prochain budget va donner lieu a des débats difficiles, il faudra obtenir une majorité importante, cela nécessitera des alliances discrètes. Tu comprends ? Bon, il faut que je file, j'ai rendez-vous avec le directeur de cabinet du président de l'Assemblée, je vais le sonder, je ne sais pas trop ce qu'il pense, de quel côté il penche...

Elle se lève, m'embrasse, s'éloigne d'un pas décidé, n'oubliant pas toutefois de saluer d'un petit geste les députés qui déjeunent à la buvette.

Je quitte alors l'Assemblée en me disant que je fréquente un monde décidément bien particulier, toujours en mouvement, dont les acteurs ne cessent de courir les uns derrière les autres, de se préparer à des affrontements prévisibles ou souhaités, où l'ami d'aujourd'hui dissimule parfois l'ennemi de demain. Un monde où ne comptent que les rapports de forces, où le choc des ambitions est permanent, un peu comme dans une ruche où les abeilles ne cessent de vibrionner autour de leur reine, à ceci près qu'en politique il y a plusieurs souverains et que celui qui règne ne demeure pas longtemps sur le trône.

En quittant l'Assemblée, je passe devant la brasserie *Le Bourbon*, autre haut lieu du microcosme parlementaire parisien. Il est treize heures, des députés de droite comme de gauche, des assistants parlementaires, des chroniqueurs politiques y déjeunent tranquillement sans se soucier du pauvre individu, assis à quelques mètres d'eux, place Aristide Briand, qui annonce à grand renfort de pancartes difficiles à déchiffrer qu'il a entamé une grève de la faim pour exiger réparation de l'injustice commise par la justice à son endroit. Il ne précise pas laquelle.

*

* *

Dès mon retour au ministère où, selon l'huissier, elle m'attend avec impatience, je retrouve la ministre dans son bureau. Sans même prendre la peine de me dire bonjour ni de me remercier de lui avoir tenu compagnie dimanche, elle me tend un papier blanc sur lequel on a écrit : « C'est toi qui l'as fait assassiner. Tu vas payer. »

– Ça continue, tout se sait vite. Après le chantage, voici les menaces : ils veulent me descendre.

– Ne vous énervez pas.

– Ne pas s'énerver, rester calme, vous en avez de bonnes, vous ! Comment faites-vous pour ne pas perdre votre flegme ?

– Qui vous menace ?

– Je ne sais, comment voulez-vous que je sache ? Ce papier n'est pas signé. Que faire ?

– Que faire ? Vous pourriez appeler le ministre de l'Intérieur et demander à être auditionnée par la police. Vous déposeriez plainte et vous montreriez ce mot anonyme en précisant vos soupçons. Vous les connaissez, les camarades de votre Pilote ?

– Vous voulez en somme que je balance...

– Il faut savoir ce que vous voulez, prendre vos responsabilités. Allez-vous continuer à subir chantage et menaces, attendre que tout cela se calme ou se termine mal pour vous ? Voulez-vous au contraire vous en sortir, réagir, aider la police à interpeller ces maîtres chanteurs ? À vous de décider. Pas à moi.

Elle a vraiment l'air outrée par ma suggestion et me répond d'un ton cassant :

– Devenir une indic de la police ? Impossible !

Cette façon de vouloir ménager tout le monde m'exaspère. Je le lui dis :

– Franchement, qu'espérez-vous vraiment ? Je me le demande. Un jour vous voici révoltée contre votre entourage, votre frère et ses agissements. Vous cherchez comment lui résister. Le lendemain, votre complaisance à son égard est manifeste. Je ne peux pas vous comprendre. Cette ambiguïté est malsaine...

– Je ne peux pas balancer mon frère aux flics. C'est pour moi impossible, vous pouvez au moins admettre ça ?

– Vous finirez par tomber avec lui. Il vous entraîne dans sa chute. Imaginez qu'il soit impliqué dans un trafic, complice d'agissements délictueux : votre silence sera considéré comme coupable.

– Il faudra prouver que je connaissais son activité.

Le téléphone sonne, le directeur de cabinet entrouvre la porte de son bureau, signe qu'il s'impatiente. Je m'en vais.

En sortant de cet entretien tendu, je suis trop énervé pour me retrouver derrière une table, enfermé dans une pièce. J'ai besoin d'air.

Au coin de la rue du Bac, un taxi attend le client. J'y monte et me fais conduire au Champ-de-Mars, en prenant bien soin de me retourner à plusieurs reprises et de vérifier par la lucarne arrière du véhicule que je ne suis pas suivi. Mon attitude inquiète le chauffeur qui m'observe avec insistance dans son rétroviseur dont il modifie sans cesse l'orientation. Il est visiblement soulagé de me déposer devant la statue équestre du maréchal Joffre.

Je me promène au pied de la tour Eiffel pendant une bonne heure et rentre tranquillement chez moi, dans le 15e arrondissement, rue La Quintinie. Je vérifie néanmoins que personne ne m'a pris en filature, change par deux fois de trottoir, traverse en plein milieu de la rue et non pas au feu. Au carrefour de la rue de Vaugirard, j'achète des sushis chez le traiteur japonais où j'ai mes habitudes, constate derrière la vitrine que je ne suis pas attendu. Entré dans mon immeuble, je demeure encore un bon moment dans le hall pour vérifier qu'il n'y a rien de suspect. Exceptionnellement, je monte mes trois étages par l'escalier et non en empruntant l'ascenseur. Pourquoi ? Je ne sais trop. Parvenu sur mon palier, j'écoute, attends, observe, retiens ma respiration pour mieux déceler le moindre bruit suspect. La clef de mon appartement à la main, je gagne rapidement mon entrée, ouvre la porte, la referme aussitôt et m'empresse de mettre la chaîne de sûreté. Je demeure quelques secondes aux aguets. Pas de grincements ni de bruits de pas dans le couloir. Rassuré, je m'affale dans mon fauteuil et me relaxe un moment, puis, après avoir bu un grand verre d'eau glacée et avalé quelques sushis, j'ouvre mon ordinateur pour poursuivre mes recherches sur les sources de financement des partis de l'ultragauche et de leurs associations satellites.

## Chapitre 21

J'ai rendez-vous à dix heures avec le premier conseiller de l'ambassade des États-Unis à Paris. Je n'ai pas voulu annuler cette rencontre, même si je suis de plus en plus résolu à quitter le ministère. Je ne peux comprendre ni cautionner le refus de ma ministre de saisir la police des menaces de mort dont elle fait l'objet. J'ignore ce que veut au juste le diplomate américain, il m'a simplement fait savoir qu'il souhaitait faire ma connaissance et transmettre un message de la part de l'ambassadeur. Il est ponctuel, je lui propose un café, il l'accepte et, dans un français légèrement teinté d'accent, il me précise rapidement l'objet de sa visite :

– Monsieur le chef de cabinet, je veux vous parler de la French American Foundation... Vous connaissez ?

– Absolument pas, je suis désolé.

Il a l'air surpris de ma réponse, mais, jusqu'à cet instant, je n'ai en effet jamais entendu parler de cette fondation.

– Voilà qui m'étonne. Depuis trente ans, elle a comme *goal*, comment dit-on en français ?...

– Comme but, dis-je en dépit de mes connaissances sommaires en anglais.

Dans le contexte de sa phrase, il n'était pas difficile de deviner ce qu'il voulait dire.

– Merci donc. Elle a pour but de recruter de jeunes leaders appelés à occuper des postes de dirigeant dans l'administration, la politique, le privé, d'en faire à la fois des amis de la France et des États-Unis, et, en Europe, des défenseurs de la politique américaine...

– Vous savez, lui dis-je, pas plus ma ministre que moi ne sommes des partisans acharnés de l'atlantisme...

– Oh, je le sais, on m'a informé, dit-il avec un petit sourire, mais c'est justement ce qui nous intéresse. Cette fondation devant laquelle, lorsqu'il n'était que candidat, votre Président s'est exprimé, a un département qui s'appelle « Young Leaders », qui recrute des personnalités diverses, et ce serait formidable que votre ministre et vous-même acceptiez de participer, en toute discrétion, aux travaux de ce groupe... Vous pourriez même y rencontrer un ami proche du candidat altermondialiste à votre dernière élection présidentielle. Nous avons recruté, mais ce mot ne convient pas... nous avons intéressé à nos travaux plusieurs députés dont certains siègent au parti socialiste, plusieurs ministres et anciens ministres socialistes, nous avons même eu parmi nous un futur ex-Premier ministre. Vous voyez...

– Vous voulez faire de ma ministre un agent au service de la propagande américaine en France ? Ce serait pour elle une véritable révolution culturelle !

– Votre propos est caricatural...

– Sûrement, mais vous voudriez qu'elle serve de « tête de pont » pour expliquer à la nouvelle génération politique de gauche, en quête de repères, le bien-fondé de la politique américaine. Pour vous, il conviendrait de réconcilier socialisme et atlantisme...

– C'est tout à fait bien résumé...

– Je vais lui en parler, nous reprendrons contact ultérieurement.

Je raccompagne le visiteur. En regagnant mon bureau, je me dis qu'elle refuse déjà de collaborer avec la police : si je lui propose maintenant de devenir une taupe, elle va se mettre à hurler !

L'huissier devant qui je passe m'informe qu'elle désire me voir. J'entre dans son bureau. Assise derrière sa table de travail, elle « fait la gueule », comme on dit vulgairement. Elle me regarde à peine, ne m'invite pas à m'asseoir, me lance d'un ton autoritaire :

– Je ne déposerai pas plainte. Les affaires de famille ne se règlent pas publiquement. Et je recevrai ce Russe, ce ne sera pas la première fois qu'il mettra les pieds dans un ministère.

– C'est votre décision, je la respecte mais ne la comprends pas... Vous risquez d'apparaître comme la complice d'intérêts privés, une sorte de caution...

– Possible, mais ce que vous me suggérez est hors de mes capacités.

– Vous ne voulez même pas déposer plainte contre l'auteur des menaces proférées à votre encontre ; c'est incompréhensible... Je vais devoir envisager de quitter votre cabinet.

– Ne vous emportez pas, ne soyez pas buté, donnez-vous le temps de réfléchir. Il ne faut jamais partir sur un coup de tête... Nous reparlerons de votre démission plus tard.

– Si vous le voulez, mais cela ne changera rien. On vous menace et vous ne réagissez pas, on cherche à vous faire chanter et vous demeurez passive... Votre attitude est inintelligible pour moi. Sauf, bien sûr, si je ne sais pas tout...

– Je ne souhaite pas que vous me quittiez, j'ai

encore besoin de vous. Mais ne soyez pas trop curieux, ça ne sert à rien de tout savoir. Que cherchez-vous, avec votre enquête, sinon à vous attirer d'inutiles déconvenues ? Concentrez-vous sur votre mission, oubliez ce livre, ces recherches...

– Je vous remercie de vos conseils ; en attendant, je vous souhaite une bonne journée.

Je regagne mon bureau, range mes dossiers. Je demande à ma secrétaire de me faire un point des réponses à donner au courrier parlementaire et aux questions écrites ; j'entends laisser à mon successeur des affaires en ordre.

Il est midi, je quitte le ministère. Quand je passe devant la loge du concierge, celui-ci, qui m'attend, me prend à part pour me dire que les documents qu'il m'a confiés, « on » est venu les chercher, « on » était menaçant et « on » lui a promis de lui faire « une tête au carré s'il ne les récupérait pas rapidement ».

– Qui ? lui demandé-je.

Il hésite à me répondre, d'un coup d'œil rapide vérifie que personne ne peut le voir ni surtout l'entendre, et, à voix basse, me révèle qu'il s'agit du frère de la ministre. Je l'interroge pour savoir s'il lui a dit m'avoir remis ces documents. Il répond par la négative, mais je ne le crois absolument pas.

Cette fois, c'est moi qui l'entraîne dans sa loge ; je veux en savoir plus long sur ces documents qu'il m'a confiés.

– Qui vous a remis ce dossier ?

– Je l'ai trouvé, monsieur le chef de cabinet.

– Ou l'avez-vous trouvé ? Chez vous ?

– Oui.

– Qui l'avait caché ? Votre fils ?

– Certainement, mais je ne sais pas quand.

– Franchement, avec vous, il faut aller à la pêche à la ligne ! Pourquoi m'avez-vous remis ce dossier et pourquoi vouloir maintenant le récupérer ?

– Monsieur le chef de cabinet, c'est terrible ce qui m'arrive. C'est mon fils... il m'a demandé d'aller le voir en prison... Ce dossier... dans ma voiture... caché...

Son propos, entrecoupé de reniflements, est incompréhensible. Je lui demande de se reprendre et de s'exprimer de façon intelligible. Il finit par me dire que le dossier en question, il l'a découvert dans sa voiture, et que son fils, depuis sa prison, a souhaité qu'il me soit confié.

– Comment le frère de madame la ministre connaît-il l'existence de ce dossier ?

– Je ne sais pas.

– Dites-moi la vérité : il ne l'a pas inventé !

– Voilà : il m'a demandé où était la voiture. Je n'ai pas voulu lui répondre. Il m'a engueulé, menacé de me faire virer par madame la ministre. Je lui ai dit que la police l'avait prise. Il a voulu savoir si rien n'avait été oublié dedans. J'ai alors avoué vous avoir remis le dossier, je savais plus quoi dire. Il m'a crié dessus et m'a donné l'ordre de les récupérer... C'est tout, je vous jure... Aussi, madame la ministre m'a convoqué dans son bureau, elle a été très gentille, elle a souhaité que ça se passe bien, pour mon fils, elle m'a parlé du dossier et m'a dit que j'avais bien agi, mais que ce serait mieux de le récupérer rapidement et de le lui remettre. Mais je vous jure qu'elle m'a dit que j'avais bien fait. Voilà, monsieur le chef de cabinet, vous savez tout... Le lendemain du jour où j'ai vu madame la ministre, le frère est revenu dans ma loge me menacer pour que je récupère les documents... Il m'a même traité de con pour en avoir parlé à sa sœur.

*

* *

Par réflexe, je regarde à droite et à gauche avant de sortir du ministère. J'attrape le bus qui passe boulevard Saint-Germain, descends à Saint-Michel, déjeune dans un petit restaurant de l'île Saint-Louis. Il fait encore suffisamment beau et chaud pour être servi dehors. Ensuite je déambule place des Vosges, rue des Archives, dans le Marais, et reviens chez moi par Saint-Germain-des-Prés. Cette longue marche calme un peu mon angoisse. Cependant, tout au long de ma balade, je ne cesse de me demander ce que signifie exactement le document remis par le concierge. Il est évident qu'il s'agit d'un texte codé. La farine de poisson, les sardines, les haricots rouges désignent à mon avis diverses sortes de drogues. Comme ce document est recherché par le frère du ministre, je me convaincs qu'il est compromis dans un trafic de stupéfiants. Et si le concierge m'avait raconté des histoires, s'il cherchait seulement à me compromettre à la place de son fils dans ce trafic ?

Devant la porte de mon appartement, j'introduis la clef dans la serrure. Surprise : elle tourne à vide. Je ne comprends pas bien pourquoi, vérifie ne pas l'avoir confondue avec celle de mon bureau. Non. J'essaie de nouveau en poussant la clef à fond. Je constate alors qu'en réalité ma porte n'est pas fermée : la serrure a été forcée. J'ai été cambriolé : placards vidés, bibliothèque renversée, livres éparpillés sur le sol, tiroirs fouillés... Je me sens submergé par un immense désarroi. Au vu de ce que je découvre, j'ai d'abord envie de pleurer d'incompréhension. J'ai l'impression qu'une tornade s'est abattue chez moi. Mon ordinateur a disparu, je ressens comme un coup de poignard au cœur.

Mon intimité est atteinte. Les manuscrits des livres que j'ai entrepris d'écrire, les notes de mes cours sur la littérature française, mes adresses personnelles... il ne me reste plus rien. C'est comme si une partie de moi-même m'était arrachée. Je suis anéanti, assommé. Abîmer mes livres, dont certains sont anciens, dérober mon ordinateur, le compagnon fidèle de ma solitude, c'est comme si on avait voulu briser mon identité, m'humilier, m'asphyxier...

Que faire ? Signaler à la police ce cambriolage : ce n'est pas elle qui pourra cicatriser ma blessure.

Finalement j'appelle le commissariat. Les policiers arrivent. L'inspecteur m'interroge. Il me demande si je vis seul. Je lui confirme que je suis célibataire. Il en conclut que je suis homosexuel. Il veut savoir si je me suis disputé avec mon ami. Je lui précise qu'il ne faut pas assimiler le célibat à l'homosexualité ; cette mise au point l'agace. À la fin de cet interrogatoire, car c'en est un, j'ai l'impression qu'il me prend pour l'auteur de ce méfait. Il ne me témoigne aucune compassion. Il a la froideur des spécialistes, des blasés et des résignés, des gens sans conviction, il me dit que la police fera tout pour retrouver les coupables. Je les remercie, ses collègues et lui de s'être déplacés, ils se retirent, me laissent seul, très seul.

*

* *

Le lendemain, après avoir remis de l'ordre, constaté que rien n'a disparu, à l'exception de mon ordinateur, fait venir le serrurier, je prends la direction du ministère. J'attends le bus à l'arrêt de la rue de Vaugirard. Je me sens perdu, hagard, comme annihilé par la détresse.

– Tu as compris, maintenant, qu'il ne faut pas faire le con ni être trop curieux, si tu ne veux pas être troué ? Ne bouge pas, ne te retourne pas...

Je sens une haleine chargée de nicotine et, dans le bas du dos, le contact d'un objet métallique. Je demeure figé, ne réalisant pas très bien ce qui m'arrive.

– Ferme les yeux et compte jusqu'à cent, et prie pour ta survie. Surtout, ne te retourne pas.

La peur me paralyse. Une cavalcade. Je n'ose regarder, oublie de compter. J'attends un peu, regarde discrètement de côté. Je ne vois rien. J'ose enfin me retourner. Personne, si ce n'est une vieille femme qui s'en vient clopin-clopant avec son cabas. Le bus arrive. J'y monte en hâte, pour fuir.

*

* *

Au ministère, tout le monde est déjà au courant de mon cambriolage. Comment ? La police en a vraisemblablement informé le cabinet du préfet qui a averti le permanent du ministère de l'Intérieur, lequel s'est empressé d'alerter mon directeur de cabinet. Celui-ci m'assure de toute sa sympathie, et même l'huissier me regarde avec compassion. Il sait tout, celui-là ! Marie, l'attachée de presse, me rejoint dans mon bureau. Après avoir refermé la porte, elle s'installe devant moi et, pour la première fois depuis sa nomination, me dit qu'elle souhaite avoir avec moi une vraie conversation. Je la regarde et me cale dans mon fauteuil.

– Alors, me dit-elle, tu veux nous quitter ?

– Qui t'a dit cela ?

– La ministre.

– C'est exact.

– Pourquoi ?

– Il est logique que je pense à mon propre intérêt, et le mien est de partir. Ce n'est pas très glorieux, c'est même un peu lâche, cela scelle certainement un échec pour moi ; mais je sens que je m'enferme, que j'étouffe ici. Je n'y ai pas ma place. Je ne comprends pas ce qui s'y trame et j'ai de plus en plus l'impression que je suis sur une scène où le spectacle présenté au public est bien différent de celui des coulisses. Là se jouent calculs, rivalités, ambitions, rancœurs et peut-être trafics. Je suis un pion qu'on déplace, peut-être qu'on utilise et manipule malgré lui. Or je n'arrive pas à savoir qui est l'ordonnateur de tout cela. C'est trop pénible à supporter...

Elle m'écoute sans broncher et profite de l'instant où, fatigué, je cherche mes mots, pour m'interrompre :

– Ce sont là des phrases, des clichés, rien à voir avec la réalité. Il y a en politique des gens très bien, et je ne suis pas certaine que le monde de l'enseignement soit plus vertueux ni fraternel. Cesse ces grands discours, ces lieux communs, de toute façon il est trop tard pour quitter la politique...

– Tu ne peux pas dire cela de moi. Je suis libre, j'ai un métier, je ne dépends ni ne vis des politiques ou de la politique. Je ne brigue aucun mandat, je ne suis pas un élu, donc ne suis pas soumis à la pression des électeurs. Je n'ai pas d'ambitions à satisfaire à n'importe quelle condition.

– Oui, mais tu es un obsédé de la politique. J'en veux pour preuve tes recherches sur l'ultragauche. Il paraît même que tu as mis au jour des informations intéressantes...

– Qui t'a dit cela ? Je n'en ai parlé à personne !

– Si, à la ministre. Je suis dans ton bureau à sa demande. Nous sommes persuadées que ton cambriolage n'est pas anodin. Il est lié à tes recherches, aux contacts que tu as pris, aux documents que tu as découverts...

– La police pense qu'il a été commis par de jeunes drogués qui recherchaient soit de l'argent, soit des objets facilement et rapidement négociables. S'ils avaient voulu s'en prendre à mes recherches, ils auraient seulement dérobé le disque dur de mon ordinateur.

– Ne sois pas naïf. Il fallait d'abord te faire peur ; après, ils vont te menacer...

– C'est déjà fait. Mais pourquoi m'empêcher de comprendre l'histoire de l'ultragauche ?

– Ne raconte pas n'importe quoi : tu recherches des sources de financements occultes et tu as dû te procurer des documents qu'on ne veut pas voir diffuser...

– Je n'ai rien trouvé d'extraordinaire et je n'ai en main aucun document compromettant. Je veux éviter à la ministre d'être victime de la malhonnêteté de son frère. Pilote étant mort, il faut empêcher que d'autres continuent à agir comme il l'a fait vis-à-vis d'elle...

– Bravo, sympathique ! Mais tu ne prouveras rien et tu te retrouveras – c'est déjà le cas – dans une situation périlleuse. En plus, tu vas la mettre, elle, dans une position politique inconfortable... Sais-tu qu'aujourd'hui, en France, c'est l'État qui finance directement les partis politiques ? Il leur verse chaque année plus de soixante-treize millions d'euros. Cette manne est répartie entre soixante partis en métropole, et trente-quatre outre-mer. Cette répartition s'effectue selon des critères bien précis, notamment au prorata du nombre de candidats présentés aux élections et du nombre d'élus au Parlement...

– Tu en connais, des choses ! Tu parles là des financements officiels, pas des versements occultes. Je suis persuadé que les agissements de son frère sont destinés à lui procurer certains profits personnels, pour une part, mais aussi, pour une autre part, à servir le groupuscule dans lequel il a naguère milité avec elle, ainsi que Pilote. Il faut arrêter tout cela avant qu'elle ne soit victime des turpitudes de son frère et des comparses de Pilote. Je veux lui rendre ce service... sans compter que je ne peux moralement accepter qu'elle sacrifie l'intérêt de l'État au profit de son frère !

– Franchement, tu veux laver plus blanc que blanc ! Sois moins prétentieux, ce n'est pas toi qui vas moraliser la vie politique. Le pouvoir attire, obnubile, corrompt, mais, en France, la vie politique n'est pas que prévarication. Je te préviens, par sympathie : arrête tes conneries avant qu'il ne soit trop tard...

– Je vais déposer plainte pour menaces...

– Il faudra les prouver. As-tu seulement des témoins ? Cela ne donnera rien... Repose-toi, ne poursuis pas tes recherches inutiles, reste avec nous. Je t'ai parlé comme à un ami. J'ai une vive sympathie pour toi ; Claire également, elle a besoin de toi. Sur ce, il faut que je m'en aille, j'ai du boulot, elle doit recevoir le journaliste du *Monde* et passer à RTL demain matin.

Marie se lève, vient aimablement m'embrasser puis quitte mon bureau. Je me rassois, toujours aussi moralement exténué, mais également, après cette conversation, en proie au doute. Je ne sais plus très bien quoi faire. Je me tourne vers l'ordinateur mis à ma disposition par le ministère. Le seul qui me reste. J'y ai consigné les contacts que je dois prendre pour poursuivre mes recherches. Ce sont des noms de gauchistes qui se sont exprimés dans la presse, se sont présentés à des élections, sont passés au parti socialiste sans cacher d'où ils venaient... Je fais plusieurs tentatives, toutes vaines, et dois me rendre à l'évidence : mon disque dur a été soigneusement nettoyé... Je sens alors monter en moi la houle d'une colère. J'appelle Marie et lui fais part de mon indignation. Elle me répond qu'elle a fait cela dans mon intérêt et que, plus tard, je la remercierai... Je referme ma porte à clef pour vérifier si les documents confiés par le concierge sont bien là où je les ai classés, puis sors dans le couloir et en fais deux photocopies. L'original, je le replace au même endroit ; les deux autres exemplaires, je les glisse dans deux enveloppes que je m'adresse : la première chez ma mère, en Bretagne ; la seconde chez ma sœur, qui habite la région parisienne. Je vais immédiatement les poster dans deux boîtes à lettres différentes du quartier.

Revenu au ministère, je demande à voir la ministre. Sa secrétaire m'indique qu'elle ne peut me recevoir, étant en train de préparer son émission sur RTL du lendemain matin. Je n'ai pas la force d'attendre et n'éprouve qu'un désir : quitter mon bureau, fuir le ministère, me réfugier chez moi.

*

* *

Par réflexe, à sept heures cinquante, j'allume la radio pour l'écouter. C'est le journaliste vedette de RTL, Jean-Michel Aphatie, qui l'interroge avec vivacité. Elle annonce la création d'un nouveau parti, le Mouvement de la gauche moderne. « Le MGM, dit-elle, a pour vocation de rassembler les femmes et les hommes de sensibilité de gauche, déçus par les atermoiements du parti socialiste et les pathétiques rivalités de ses chefs. » Elle ne cite personne, malgré l'insistance du journaliste. Elle lance un vibrant appel « à celles et à ceux qui, à gauche, désespèrent de ne pouvoir assister à la prise en compte des valeurs auxquelles ils croient »... Elle s'exprime clairement, je la trouve plutôt convaincante. Je me dis qu'à la place du journaliste je lui aurais demandé comment elle allait financer cette nouvelle formation politique, et lui aurais fait préciser l'origine de ces fonds. Elle affirme avoir trouvé des locaux à Paris, et bientôt des correspondants dans toute la France, un site sur Internet pour que de toutes parts, conclut-elle, « soient enfin entendues les voix de la rénovation et de la refondation de la gauche française, sur des bases intelligentes et réalistes »...

*

* *

Il est déjà tard quand j'arrive au ministère. Incapable de me presser, je suis anxieux de savoir comment va se passer notre dernière rencontre. Je me sens fermement décidé à partir retrouver des horizons plus calmes. La disparition de mon ordinateur et l'effacement volontaire de mon disque dur m'ont littéralement anéanti. La ministre me doit une explication. Je commence à croire, comme me l'a dit son frère, qu'elle est experte en manipulation. Elle se joue de moi depuis le début. En franchissant l'entrée du ministère, je me demande même ce qui va encore me tomber dessus et m'accabler davantage. Je croise d'abord Marie qui vient à ma rencontre avec un large sourire et m'embrasse.

– Elle a été excellente, ce matin. Tu l'as entendue ? C'était parfait. Les échos sont bons : déjà trois dépêches de l'AFP. Génial ! Nous sommes dans le vrai, dans l'action. J'adore ça. Il faut bouger pour éliminer naturellement, comme on dit dans la pub ; en politique, c'est la même chose. Tu as entendu les commentaires des vieilles barbes ? Pathétiques ! Plus on les entendra déverser leur bile, mieux nous nous porterons. Notre ministre, c'est l'avenir...

Et avant de regagner son bureau « pour répondre aux journalistes qui n'arrêtent pas d'appeler », elle m'embrasse une deuxième fois en quelques minutes, mais cette fois carrément sur la bouche, manifestant ainsi son enthousiasme et son excitation.

L'huissier m'ouvre la porte de mon bureau : c'est la première fois. Il a dû apprendre que j'envisageais de quitter le ministère. En France, on rend toujours hommage à ceux qui s'en vont, même quand on est ravi de leur départ.

J'attends que la ministre veuille bien m'inviter à venir la retrouver.

– Olivier, nous avons des choses à nous dire. J'ai un moment, pouvons-nous nous voir ?

Elle aussi m'accueille avec un grand sourire. L'émission de RTL lui a regonflé le moral. Elle est euphorique. Elle commence d'ailleurs par me dire combien elle est heureuse d'avoir réussi son examen de passage médiatique.

– Vous savez, Olivier, je ne suis pas encore habituée à ce type d'émission. Le journaliste, lui, est rompu à ce genre d'entretien rapide et incisif. Il veut toujours avoir le dernier mot. Vous m'avez écoutée, comment m'avez-vous trouvée ?

– Bien. Très claire...

– Merci de votre indulgence. Ce n'était pas facile. J'ai failli être déstabilisée quand il m'a interrogée sur mon parcours politique et a demandé pourquoi, venant de la gauche, je me retrouvais dans un gouvernement de droite. Vous avez entendu ma réponse : cinglante ! Je lui ai dit que la nouvelle génération politique était d'abord tournée vers l'avenir et en avait assez de cette revisitation permanente de notre passé !

Et tout à sa jubilation elle continue à se remémorer son émission en se souciant à peine de moi.

– Vous avez entendu ma réplique, elle va être reprise par toute la presse. C'est Marie qui a trouvé la citation de Talleyrand. Quand il m'a envoyé à la figure que les dinosaures socialistes n'approuveraient pas la création d'un nouveau parti, j'ai placé : « La politique est un étang où les brochets font courir les carpes. » Cinglant, non ?

Comme elle commence à m'énerver avec son autosatisfaction, son ego surdimensionné, je ne puis m'empêcher de lui envoyer une vacherie pour qu'elle retombe sur terre et revienne à l'objet de notre entretien.

– Très bien, votre réplique, mais je n'ai encore jamais vu de carpes courir...

Contrariée – elle prend désormais toute opinion différente de la sienne comme un signe d'hostilité –, elle marque un temps, me dévisage. Elle est surprise par ma réaction, je suis étonné par mon audace. Ce face-à-face silencieux dure quelques secondes. Elle finit par me lancer :

– Aucune importance, vous n'avez pas compris le langage médiatique. Il faut toucher, impressionner avec des images, des phrases chocs. J'ai trouvé la citation qui tue. C'est un métier, la communication politique, cela s'apprend... Et vous, Olivier, comment allez-vous ? Il paraît que vous avez été victime d'un cambriolage ? J'en suis désolée, mais maintenant, avec les assurances... Vous en avez une bonne, j'espère ?

Le téléphone sonne.

– C'est le Premier ministre, me dit-elle en aparté. Il est satisfait de mon émission, ajoute-t-elle en mettant la main sur le téléphone pour que le chef du gouvernement n'entende pas les commentaires qu'elle me fait.

Elle raccroche, se tourne vers moi et, au lieu de reprendre le fil de notre conversation, elle me dit, parlant de l'hôte de Matignon :

– Il est content et considère mon annonce comme un événement qui peut bouleverser le paysage politique. Génial ! J'ai fait mon entrée dans la cour des grands.

Un autre téléphone se met à vibrer. Elle me regarde, prend un air grave et me dit avant de décrocher : « C'est le Président. » Je comprends qu'elle souhaite que je me retire. Elle me fait un petit signe qui veut dire : « On se revoit plus tard. »

La soirée se termine sans nouvelles d'elle. Je suis déjà passé à la trappe de ses préoccupations. Il ne me reste plus qu'à lui rédiger ma lettre de démission, à la lui faire porter par l'huissier et à renoncer à avoir la moindre explication avec elle. Au moment où je termine ma lettre, elle m'appelle par la ligne intérieure.

– Olivier, je suis désolée, je n'ai pas eu une minute à moi pour vous recevoir, vous ne m'en voulez pas ? Mais mon intervention à la radio, ce matin, m'a valu de nombreux coups de fil et j'ai dû répondre à une multitude de journalistes. J'ai créé l'événement, comme l'a dit le Premier ministre, c'est vrai mais c'est épuisant. Il faut assumer... Alors, quand se voit-on ? Nous avons beaucoup de choses à nous dire. Ce soir ?... Ce n'est pas possible, le président de l'Assemblée remet une décoration, je ne sais pas à qui d'ailleurs, peu importe, mais il faut que j'y aille, il y aura beaucoup de monde, de nombreux journalistes. Je ne sais pas à quelle heure cela va se terminer et je ne voudrais pas vous faire attendre... Le mieux est de se caler une petite rencontre, une demi-heure suffira, demain vers midi, juste avant le déjeuner avec mes collègues femmes ministres. Ça vous va ? Oui, pas avant midi, je dois me faire donner un coup de peigne. La presse viendra prendre des photos de cette rencontre des femmes ministres, d'autant – c'est un secret, Olivier, je compte sur votre discrétion – que le Premier ministre va apparaître au café. Ça va faire des images fortes pour le vingt heures. Je crois même que Marie va m'obtenir un passage sur TF1. Pas mal, le coup que j'ai monté avec elle. C'est génial, la politique, à ce niveau... Olivier, à demain midi, donc. Bonne soirée, je vous embrasse... Pardon, pas midi, où avais-je la tête ? J'ai accepté de passer au Cercle républicain, près de l'Opéra, pour prendre un verre avec de vieux amis... Remettons notre rencontre à dix-sept heures, cela vous convient certainement.

Et, sans me laisser le temps de lui répondre, elle répète :

– Bonne soirée, Olivier, je vous embrasse...

Je me rends compte que je suis complètement largué, éliminé. Je n'existe plus pour elle. À partir du moment où je lui pose un problème, elle le règle en m'évacuant de son univers, en se dérobant devant l'obstacle que je suis devenu pour elle. Grisée par la notoriété que lui confèrent ses passages à la télévision ou à la radio, par la meute de courtisans qui peuple les couloirs de la politique, elle s'est laissé enfermer dans un univers aussi irréel et éphémère qu'enivrant.

– Je peux venir te faire un petit coucou ? demande Marie en entrouvrant ma porte, et, sans attendre ma réponse, elle entre, ajoutant : Ça me fait plaisir, tu as meilleure mine que ce matin. J'ai été inquiète pour toi toute la journée. Je te souhaite une bonne soirée.

Elle s'approche de moi, m'embrasse en effleurant mes lèvres et s'en va guillerette. Je n'ai rien pu dire.

C'est à l'huissier d'entrouvrir ma porte pour me dire que la ministre étant partie avec le directeur de cabinet et l'attachée de presse également, il s'éclipserait bien volontiers. Je lui fais signe que je suis d'accord.

Je quitte à mon tour le ministère en prenant soin d'éteindre les lumières, et rentre tranquillement chez moi, bien décidé, le lendemain, lors de mon ultime entrevue avec le ministre, à ne pas retomber dans son manège.

# Chapitre 22

Un pressentiment ? Une intuition ? Ou tout simplement une obsession, celle de savoir ce qui se passe ? Peut-être même une réaction d'orgueil : il n'en reste pas moins que je décide de faire un tour au Cercle républicain. En compulsant l'annuaire, je trouve l'adresse : 5, avenue de l'Opéra. Je ne sais trop s'il s'agit d'un restaurant, d'un bar... Peu importe : je veux savoir qui elle rencontre de si important pour m'avoir décommandé à midi.

Lorsqu'elle m'a dit avoir rendez-vous à ce cercle, j'ai pris conscience de mon ignorance totale de ce qu'elle faisait. Désaveu cinglant pour le chef de cabinet que je suis, chargé de la gestion de son emploi du temps ! Je suis marginalisé au sein du cabinet après en avoir été un élément important ; en fait, c'est Marie qui me remplace, du moins en ai-je le sentiment. Moi en qui elle avait confiance, je suis devenu en quelques jours celui dont on se défie.

Pourquoi se joue-t-elle ainsi de moi ? Après la proximité, voici la distance.

Elle me convoque dans son bureau pour me parler et, en fait, esquive toute conversation. Quelles raisons motivent cette attitude ? Ces interrogations trottent dans ma tête de façon lancinante et entraînent d'autres questions plus angoissantes encore pour moi. Ne serait-elle pas finalement la responsable de tout ce qui m'arrive, de mon cambriolage, des menaces dont j'ai été la victime ? Et si son frère était son complice et, avec son accord, s'était joué de moi pour brouiller les pistes ? Que fallait-il que je ne découvre pas ? Des histoires de financement politique ? En définitive, ces documents en ma possession sont certes pour moi une nouvelle source de désagréments, mais aussi une manière d'assurance vie. Tant qu'ils ne les auront pas récupérés, ils n'oseront rien contre moi. Du moins je m'en convaincs. Encore me faut-il au plus vite les déchiffrer. Et si la mort de Pilote avait été maquillée en crise cardiaque ?

Dans le bus de la ligne 27 qui doit me déposer près du Cercle républicain, bloqué pour l'heure par une camionnette de livraison, ces interrogations me causent des aigreurs d'estomac. J'ai la bouche pâteuse, une haleine fétide. Je me demande si ce ne sont pas là les symptômes d'un ulcère.

Finalement, je ne sais quelle est sa personnalité exacte. Faut-il croire son frère ou ses propres confidences ? Surprenant que cette femme hier totalement inconnue du grand public et même des milieux politiques soit devenue du jour au lendemain secrétaire d'État, mais surtout l'étoile montante du gouvernement. Je me suis trouvé sur son parcours. Vais-je regretter d'avoir forcé sa porte, de m'être imposé à elle ? Peut-être ne souhaite-t-elle pas que l'on sache qui la protège et assure sa promotion ? Ce parti politique qu'elle lance fait certainement partie d'une stratégie élaborée, mais dans quel but ? Au service de qui ? Je me souviens de ce que m'a confié la chef de cabinet du Premier ministre. Pourtant, après son émission sur RTL, ne m'a-t-elle pas dit avoir été félicitée aussi bien par le chef du gouvernement que par le Président ? Jouerait-elle sur plusieurs fronts à la fois ?

Mes recherches la gênent, elle tient à ce que je les abandonne. Où est mon intérêt ? Si je demeure à son cabinet, je souscris à une exigence de loyauté à son égard, c'est en tout cas évident pour moi. Si, au contraire, je reprends ma liberté, cet impératif vis-à-vis d'elle s'estompe. Je peux alors poursuivre mes investigations, mais les risques ne sont pas moins négligeables au regard des menaces dont j'ai été la cible.

Le chauffeur du bus a finalement su s'extraire des embarras de la circulation et me déposer près du 5 de l'avenue de l'Opéra. Dans le hall, une pancarte indique que le Cercle républicain se trouve au premier étage. Je me hasarde à gravir le monumental escalier Napoléon III ; il n'est que onze heures, j'ai peu de chances de la croiser puisque son rendez-vous est dans une heure. Une charmante hôtesse m'accueille. Je lui fais croire que je cherche à connaître les conditions pour devenir membre du cercle créé en 1907 et destiné, d'après Internet, à défendre « les institutions républicaines, les libertés publiques, le respect de la diversité des opinions »... Elle me remet un document auquel je fais semblant de m'intéresser. Je l'interroge sur l'histoire de cette demeure et j'apprends que c'était celle de Sarah Bernhardt. Elle paraît très étonnée que je sache qu'il s'agissait d'une comédienne, et encore plus surprise que je puisse lui préciser que Sarah Bernhardt fit sensation dans le rôle de Phèdre, triompha dans celui de Doña Sol d'*Hernani*. Manifestement, ni *Phèdre* ni *Hernani* ne réveillent en elle le moindre souvenir scolaire. J'ai beau lui préciser qu'il s'agit d'une pièce de Racine et d'un drame de Victor Hugo, cela n'a pas plus d'effet sur elle. Pour faire excuser son ignorance, elle m'avoue n'être qu'une intérimaire et remplacer pendant deux mois l'hôtesse partie en congé de maternité. Elle doit penser que Racine et Hugo sont des habitués du cercle. Mais, pour me remercier de toutes ces précisions, elle me propose d'aller demander l'autorisation de me faire visiter la salle de bains de Sarah Bernhardt. En son absence, je feuillette discrètement le registre des réservations pour le déjeuner. L'une est faite au nom du frère de ma ministre, et pour trois personnes. Mon intuition était la bonne. Je suis persuadé qu'il s'agit de la rencontre avec l'affairiste russe dont j'ai oublié le nom.

Après avoir admiré ce qu'il reste des appartements de la grande Sarah, je n'ai pas besoin d'autre preuve de la duplicité de ma ministre et file tranquillement vers le Louvre, la cour carrée, la passerelle des Arts. Je m'installe à la terrasse de *La Palette*, rue de Seine. J'attends je ne sais d'ailleurs pas très bien quoi, regarde des jeunes chahuter à une table voisine. Que faire ? Que lui dire ? Que penser de tout ce qui m'arrive comme déconvenues ? Je suis traversé par un double sentiment. De lassitude, d'abord. J'en ai assez de cette vie compliquée où je dois me méfier de tout et de tout le monde. J'ai aussi l'impression d'être épié sans arrêt. Ces menaces, ce cambriolage m'ont plongé dans un état de nervosité permanent. Mais j'éprouve aussi une grande envie de savoir ce qui se trame derrière mon dos, de pénétrer les coulisses du complot qui se prépare, de ce trafic d'influence ou d'intérêts que j'ai désormais percé à jour.

*

* *

Je scrute son visage pour tenter de déchiffrer une expression qui me permette de deviner sa stratégie à mon endroit. Elle est devenue pour moi une adversaire dont il est essentiel que je ne mésestime pas la roublardise. Elle ne laisse apparaître aucun signe d'agressivité, de nervosité ni même d'impatience. Elle m'accueille comme à l'habitude avec un sourire aimable. Je ne sais si elle va à nouveau fuir, se dérober, chercher à éviter toute explication, ou si, au contraire, elle va cette fois m'affronter et accepter la discussion. Pour ma part, je n'ai pas l'intention de me laisser à nouveau dominer par elle. J'enrage de toutes les humiliations dont j'ai été l'objet en acceptant de lui rendre service. Je suis même décidé à hausser le ton, si nécessaire, pour qu'elle m'écoute enfin.

– Bonjour, Olivier, cela me fait plaisir de vous voir. Asseyons-nous, je suis épuisée après une telle journée. Mais, politiquement, elle a été pour moi profitable. Dites-moi, vous qui aimez l'histoire, j'ai découvert un endroit que vous ne connaissez certainement pas : le Cercle républicain...

– Oui, avenue de l'Opéra, l'ancien hôtel de Sarah Bernhardt.

– Félicitations, quelle culture ! Vous m'étonnerez toujours par l'étendue de votre savoir... Mais parlons franchement : que voulez-vous faire ? Vous n'allez pas me quitter, votre collaboration m'est trop précieuse...

– Madame la ministre, je n'arrive franchement plus à comprendre ce qui se passe. On vous menace, on exerce sur vous un chantage, une voiture brûle devant votre ministère dont le hall est saccagé, un de vos amis meurt dans la voiture de votre concierge, et vous réagissez à peine...

Elle se redresse, me regarde et, sur un ton sec, me lance :

– C'est mon affaire. Je n'ai pas l'intention de demander à la justice de régler des histoires de famille qui ne regardent que moi.

– Certes, mais c'est moi que votre frère a interpellé.

– Il a eu tort.

– C'est vous qui m'avez demandé de le contacter.

– J'ai commis une erreur, je n'aurai pas dû vous mêler à ça... Et puis, arrêtez de fouiller les poubelles. Cela ne vous mènera qu'à de graves déconvenues...

– J'en sais trop ou pas assez pour m'arrêter, sauf à risquer d'apparaître comme le complice d'un trafic d'influence, d'un chantage, d'une corruption passive. J'ai consulté le code pénal, vous savez ce qu'il précise...

– Je n'en ai aucune idée.

– Risque la prison toute personne dépositaire de l'autorité publique – par exemple ministre – qui, directement ou indirectement, aura accepté des dons, même des promesses de dons ou d'avantages, en échange de son influence pour obtenir notamment des marchés... Que souhaite le Russe que votre frère a tenu à vous faire rencontrer, sinon obtenir de vous des passe-droits ? Il y aura une contrepartie à votre intervention en sa faveur. Il a toujours fonctionné ainsi. Il fera un don à votre parti, sera généreux avec votre frère qui recevra une rémunération pour avoir servi d'intermédiaire...

– Mon pauvre Olivier, tout cela est ridicule, vous lisez trop les journaux et vous vous laissez intoxiquer par des échotiers avides de sensationnel. Trafic d'influence et corruption de qui ? Financement occulte de quoi ?

– Avez-vous rencontré cet homme d'affaires pour rendre service à votre...

Elle croise les jambes, se raidit sur son fauteuil :

– Vous êtes ridicule et désobligeant. Je n'ai pas à vous dire ce que fais, où je vais, qui je vois. Mais je vous dirai une chose : ce Russe que vous ne connaissez pas défend les entreprises, et donc l'emploi en France, en incitant les autorités de son pays à travailler avec des sociétés françaises. Voilà la réalité, et tous les pays agissent ainsi. Si, par exemple, c'est La Parisienne de travaux publics qui construit un très grand pont près de Moscou, c'est grâce à ce personnage...

– Surtout au savoir-faire de cette entreprise !

– Mon pauvre Olivier, toutes les entreprises du bâtiment et des travaux publics se valent techniquement, mais pour obtenir certains marchés, il faut un coup de pouce...

– C'est cela la corruption, le trafic d'influence.

– C'est regrettable, mais c'est ainsi, et ce n'est pas vous qui changerez cela.

– Mais vous, ministre, vous ne pouvez pas être complice d'un tel système, le cautionner, voire en faire profiter votre frère ! Avez-vous rencontré cet affairiste ?

Je lui pose la question en la regardant droit dans les yeux.

– Je ne sais pas si...

– Pourquoi toujours me mentir ? Vous l'avez vu au Cercle républicain en compagnie de votre frère. J'en ai assez, de ce double langage !

– En plus, vous m'espionnez ! Olivier, vous me décevez... Si je peux vous donner un conseil, ne vous prenez pas pour un justicier, cessez de voir le mal partout, n'exploitez pas des documents qui ne sont que des torchons... Je suis pressée, toujours courir est épuisant, on se revoit demain, j'aurai plus de temps à vous consacrer, mon cher Olivier. J'ai une grande sympathie pour vous, ne la gaspillez pas stupidement...

En me dirigeant vers la porte, je lui rappelle simplement tout ce que j'ai enduré depuis mon arrivée à son cabinet, et, me plantant droit face à elle, soutenant son regard hostile, je lui dis :

– J'éprouve aussi pour vous une réelle sympathie, j'espère que vous ne serez jamais rattrapée par la justice ni compromise dans un scandale politique, et pour être honnête avec vous, je crains que l'influence de votre frère ou je ne sais quel calcul politique ne vous exposent, vous, à de graves déconvenues. Si c'était le cas, je le regretterais sincèrement, mais je me dirais que j'ai tout fait pour vous prévenir...

Je quitte son bureau sans oser la regarder, mais comme elle ne réplique pas j'en déduis qu'elle a été surprise par mon propos.

Je suis à la fois soulagé de lui avoir fait part de ce que je ressens et assez satisfait de bénéficier d'un nouveau délai pour réfléchir à mon avenir. Je ne veux pas me l'avouer, mais j'ai du mal à me détacher d'elle. Elle me fascine. Je suis aussi contrarié par la prolongation d'une situation personnelle devenue inconfortable. Elle ne m'a toujours pas expliqué ce qui se passait. En attendant, je range mon bureau.

*

*   *

– Tu vas ?

Je lève la tête. C'est Marie qui a poussé ma porte que j'avais d'ailleurs sciemment laissée entrouverte pour bénéficier d'un courant d'air – mon bureau est exposé plein sud –, peut-être aussi pour repérer les allées et venues dans le couloir menant au bureau de la ministre. Elle ajoute :

– Que fais-tu ce soir ? On peut dîner ensemble. Je sais que, pour toi, ce sont des moments difficiles...

– Si tu veux, mais auparavant il me faut le mode d'emploi de cette soirée. Tu agis sur ordre, elle t'a demandé de me sortir pour connaître l'origine de mes informations, l'état de mes recherches, récupérer des documents que je n'ai pas ?

– Je ne suis pas ton ennemie. J'ai envie de bavarder avec toi et vais t'emmener dans un petit bistrot sympa, près de l'Odéon, rue des Quatre-Vents. Tu verras, la *burrata* est superbe...

– La quoi ?

– Il s'agit d'un fromage frais fabriqué exclusivement dans les Pouilles à partir de lait de vache, avec de l'huile d'olive, du sel, du poivre et, au choix, du thym, du laurier ou du basilic. Ça te réconcilie avec la vie, surtout si tu l'arroses avec un petit bourgogne aligoté bien frais... Tu es d'accord ?

– Oui, mais dis-moi au préalable pourquoi tu as effacé mon disque dur.

– Nous en parlerons tout à l'heure, disons que j'ai voulu être informée de ce qui se passait entre elle et toi, en savoir plus long sur cette enquête que tu mènes sur son passé et qui l'inquiète beaucoup. Ces documents que tu détiens et que son frère veut à tout prix récupérer la préoccupent. Je ne les ai pas trouvés dans ton bureau...

– En plus, tu avoues, tu es d'une franchise désarmante... Je suis stupéfié par ton attitude scandaleuse que je réprouve. Tu devrais en avoir honte...

En riant, ce qui me déstabilise un peu plus, elle me regarde de ses beaux yeux bleus et réplique :

– Mais je suis Mata Hari... Non, je ne serai jamais une bonne espionne, du moins pas avec les hommes que j'aime. Je n'ai jamais su garder un secret.

*

* *

– Regarde comme c'est sympa. Ce fut autrefois une crémerie, admire le décor et le plafond. Le patron est lui aussi une curiosité locale : artiste reconverti en tenancier, il connaît tous ses clients. Il n'est pas membre de la Ligue antialcoolique. Tu vois le marchand de journaux qui vend exclusivement *Le Monde*, c'est Ali, célébrité du quartier. Il vient quotidiennement prendre son petit verre de rouge. Tout le monde l'embrasse, c'est un type drôle mais bosseur. Il y a même eu un livre sur lui. À côté de lui, c'est un journaliste de TF1, accompagné de sa sœur qui est comédienne. Il paraît qu'elle a beaucoup de talent, mais hélas peu de propositions concrètes pour l'instant.

– Pourquoi me tends-tu la main ?

– Je vais te répondre, mais asseyons-nous d'abord. Excuse-moi, je dois auparavant faire la bise au patron, c'est une des conditions pour bénéficier de son hospitalité et de celle de la crémière, comme il l'appelle, c'est-à-dire de sa femme.

Marie s'exécute et revient s'installer en face de moi.

– Tu es un égaré en politique, tu es encore pur. Quand je te vois arriver en bus alors qu'ils en sont tous à réclamer des voitures, si possible à cocarde, à exiger des cartes tricolores qu'ils pourront exhiber et brandir sous le nez des flics, à vouloir se faire rembourser leurs déjeuners, à se battre pour des bureaux à moquettes... Plus ils sont minables, plus leurs prétentions sont démesurées. L'État leur appartient, ils veulent en profiter, l'essentiel pour eux est l'apparence, donner l'image de personnages importants. Toi, tu ne demandes rien, tu continues à vivre comme avant, simplement. Tu n'es pas de la même race que la plupart de ces professionnels des cabinets ministériels. J'ai pour toi une grande affection, mais j'éprouve aussi à ton égard un peu de tristesse. Tu ne peux qu'être malheureux dans cette société où les courtisans, nombreux à vouloir réussir, sont plus incités à faire la cour que leur devoir. C'est ainsi, et ce n'est pas nouveau. Tu n'as pas ta place dans ce microcosme où la lutte pour le pouvoir et pour s'y maintenir est féroce, sans concession même à l'amitié. L'intérêt y asphyxie tout autre sentiment. Tu es par trop candide... Et puis, je n'arrive pas à bien comprendre le but de tes recherches. Éloigne-toi donc de ce monde plein d'arrière-pensées et de calculs intéressés.

Elle s'arrête, se penche vers moi, prend ma main et l'embrasse ; se yeux sont mouillés. Elle me fait signe de me pencher un peu plus vers elle et m'embrasse tendrement sur la bouche. Le contact de ses lèvres chaudes ne me laisse pas indifférent. Elle me sourit et dit :

– Allons, tout cela nous a ouvert l'appétit, nous allons commander.

Elle se tourne vers le patron et lance :

– Comme d'hab !

Puis elle ajoute à mon intention :

– De toute façon, il n'y a pas le choix !

Je passe la nuit chez elle : moment d'amour et de complicité exceptionnel.

Au petit matin, il fait encore nuit, elle se lève puis revient se blottir contre moi.

– Écoute, me dit-elle en m'embrassant.

La voix de Johnny Hallyday résonne dans la chambre :

*Oh, Marie, si tu savais*
*Tout le mal que l'on me fait*

*Oh, Marie, si je pouvais*
*Dans tes bras nus me reposer...*

La chanson s'arrête. Ni elle ni moi n'osons rompre le silence. Je ne souhaite pas abréger cet instant, retrouver trop vite la réalité...

# Chapitre 23

Marie est allée rejoindre la ministre qui reçoit, à l'occasion d'un petit déjeuner, un groupe de journalistes de la presse régionale. J'en profite pour aller faire un tour avenue Montaigne, au siège de la Société européenne de conseil en négoce international.

À deux pas des Champs-Élysées, dans le voisinage des maisons Dior, Chanel, Louis Vuitton, et à côté d'un des plus grands palaces parisiens, l'immeuble qui abrite cette société affiche sérieux et respectabilité. N'importe quelle société ne peut se payer un tel emplacement. En fait, la Société européenne de conseil bénéficie de temps à autre d'un local loué par la Compagnie immobilière parisienne. Ces renseignements, je me les procure auprès du concierge de l'immeuble, qui me précise :

– Nous sommes une énorme boîte aux lettres pour des sociétés qui indiquent comme adresse à leurs clients l'avenue Montaigne : ça fait bien. Nous hébergeons ainsi une dizaine de firmes dont les responsables ne viennent qu'épisodiquement pour un rendez-vous dans un de nos luxueux bureaux, et relever leur courrier.

J'ai beau insister, il ne me fournit aucun détail sur l'activité de la Société européenne de conseil en négoce international. Je m'en vais un peu déçu.

Seul le patron de la Criminelle pourrait certainement m'en dire plus. Les documents à en-tête de cette société établissent-ils un trafic de drogue, comme je l'ai imaginé ? Mais la localisation avenue Montaigne, même par le biais d'une société de domiciliation, m'incite à penser que je fais fausse route. En attendant d'appeler le patron de la Crim, je me dis qu'il serait intéressant d'avoir avec le frère de la ministre une petite explication d'homme à homme, dans un endroit choisi par moi. Le numéro de son portable et l'efficacité de mon ami flic, en poste auprès du préfet de police, me permettent de connaître en quelques instants son adresse personnelle. Je m'y rends en taxi tout en ayant pris soin, comme d'habitude, de vérifier que je ne suis point suivi. Je me réjouis par avance de sa stupeur en me voyant débarquer chez lui. L'effet de surprise va cette fois jouer à mon profit, les rôles vont s'inverser, il sera certainement moins prétentieux, perdra de sa suffisance. C'est lui qui va me révéler tout ce qui se trame dans mon dos.

*

* *

Le boulevard Auguste Blanqui est calme, il n'est pas encore dix heures trente. Le numéro 51 correspond à un immeuble construit après la guerre mais qui n'a pas très bien vieilli malgré certaines couches de peinture récentes. Dans le vaste hall d'entrée, une impressionnante batterie de boîtes à lettres donne une indication du nombre de locataires, gage d'un certain anonymat. J'ai beau m'y reprendre à plusieurs reprises, je ne trouve pas le nom du frère. Curieux. Je frappe à la porte de la loge de la gardienne. J'attends un moment, frappe à nouveau ; elle s'ouvre enfin, laissant s'échapper une écœurante odeur d'oignons frits et d'huile rance. Puis une femme me fait signe de ne pas faire de bruit et, dans un français mêlé d'espagnol, m'indique que son mari, chauffeur de taxi la nuit, dort le jour et qu'il ne faut pas le réveiller.

Finalement, après avoir consulté un registre, elle me précise que le frère de ma ministre a déménagé depuis trois mois sans donner sa nouvelle adresse. Je vais donc avoir recours à son portable et l'effet de surprise sera moins grand que si j'avais sonné à sa porte et provoqué sur-le-champ l'explication que je souhaite obtenir de lui. Je suis de plus en plus certain que c'est lui qui m'a fait menacer, et qu'il est à l'origine du cambriolage dont j'ai été victime.

Je l'appelle donc. À la deuxième sonnerie, il répond. Je lui dis que je tiens à le rencontrer tout de suite. Il répond qu'il ne peut pas. Je ne lui laisse pas le choix :

– Si vous ne venez pas, je balance tout aux flics et porte plainte contre vous pour menaces de mort, chantage, et je vous assure que ça fera du bruit. Le Russe que vous vous bichonnez pour mieux en profiter, il ira voir ailleurs !

– C'est bon, on se voit où ?

– Dans une heure au pied de la statue de Louis XIII, place des Vosges, vous trouverez facilement.

– C'est dans quel coin ?

– En plein cœur de Paris, dans le Marais.

– Ça fait loin pour moi. Pourquoi là ?

Manifestement, il tergiverse pour gagner du temps. Il sait fort bien où se trouve la place des Vosges, mais il va vouloir y envoyer des hommes à lui pour m'y accueillir.

– C'est là et pas ailleurs !

– Mais pourquoi pas dans un café ? On discutera plus tranquillement. Je vous propose...

Je l'interromps : son manège est évident, son piège grossier. Je ne dois absolument pas me laisser faire, car je perdrais alors l'avantage de l'initiative.

– Non, ce sera là. C'est là qu'Henri II a été mortellement blessé, dis-je d'un ton menaçant.

– Quel rapport avec notre rencontre ?

Il m'a fallu improviser une réplique pour lui montrer que je dominais la situation. J'ai donc instinctivement fait appel à l'histoire. Si je lui donne rendez-vous place des Vosges, c'est en fait parce que l'endroit fait partie de ceux que j'affectionne particulièrement.

– Vous verrez bien. Vous avez intérêt à venir seul, sinon je balance tout aux flics. Salut.

Je coupe la communication.

Je suis peut-être allé un peu loin dans la menace, dans mon désir de lui faire peur et de l'inquiéter. Par vanité, j'ai une nouvelle fois étalé mes connaissances historiques ; j'aurai dû m'abstenir : il va se méfier et probablement ne viendra-t-il pas à mon rendez-vous, il va croire que je veux l'assassiner. Cela dit, il a sûrement peur que je balance aux flics tout ce que je sais sur ses agissements. En définitive, je me dis que c'est bien son tour d'avoir peur, de regarder s'il n'est pas suivi, de changer de trottoir, de monter précipitamment dans des taxis, de transpirer et de sentir le rythme de son cœur s'accélérer. Je ne suis pas mécontent de le faire descendre de son piédestal.

*

* *

En attendant cette rencontre, j'appelle le patron de la Criminelle pour prendre rendez-vous avec lui. Je lui dis que j'ai à lui remettre un document qui me semble important et qui m'a été confié par le concierge du ministère. J'en profite pour lui demander des nouvelles du fils. Pour lui les choses ne se présentent pas très bien, sa détention provisoire risque de se prolonger, m'indique-t-il. Il ajoute même n'être pas certain que ses déclarations soient tout à fait exactes.

– Pourquoi ? C'est un gosse paumé, plus bête que méchant, influençable.

– Vous avez probablement raison, mais sa version des faits est ambiguë, il ne nous a pas dit la vérité. À titre bien entendu confidentiel, je peux vous révéler que le personnage qui se faisait appeler Pilote était un sacré individu, et qu'il n'est probablement pas décédé d'une simple crise cardiaque.

– Il aurait été assassiné ?

– Trop tôt pour l'affirmer, mais les experts en toxicologie ont décelé dans ses viscères une dose létale de digitaline...

– Il a été empoissonné ?

– Nous ne pouvons encore conclure...

– C'est bien compliqué, pour un néophyte comme moi...

– Facile à comprendre, pourtant. La digitaline est un médicament prescrit pour soigner certaines pathologies bien définies. Plusieurs hypothèses sont plausibles à ce stade de nos investigations. Soit la victime a volontairement augmenté la dose prescrite, et il s'agit alors d'un suicide ; soit elle s'est trompée dans la dose qu'elle devait prendre, et dans ce cas c'est une erreur fatale ; soit, à son insu, on lui a sciemment administré une dose trop forte, et c'est alors un meurtre par empoisonnement. Lumineux, vous ne trouvez pas ?

– Votre explication est limpide. Finalement, la seule

certitude est que l'arrêt cardiaque a été la conséquence directe d'un surdosage de digitaline...

– On peut le dire ainsi, et le fiston de votre concierge va devoir fournir au juge des explications plus précises sur l'état de l'individu qu'il a trouvé ou transporté dans la voiture de son père.

– Je vous remercie, monsieur le commissaire, pour ces explications qui resteront bien entendu confidentielles.

Les précisions du patron de la Criminelle bousculent bien des choses dans mon enquête et confèrent une tonalité bien différente à toute l'affaire. Si Pilote a été assassiné, il ne fait aucun doute pour moi que les menaces proférées à mon encontre sont sérieuses et appellent de ma part une vigilance accrue.

*

* *

Avant de me diriger vers la place des Vosges, je passe chez mon pharmacien. Je souhaite me documenter sur la nature du poison qui a été administré à Pilote. J'apprends que la digitaline est un hétéroside très toxique qui produit un accroissement de l'amplitude des battements du cœur, un ralentissement du rythme cardiaque, une diminution de l'excitabilité du myocarde et de la conductibilité auriculo-ventriculaire. Je retiens des explications du pharmacien qu'il convient de faire très attention à ce médicament, car la marge entre la dose toxique et la dose thérapeutique est très faible, et qu'un surdosage peut donc entraîner des effets dramatiques sur le patient. Destinée à soutenir et réguler le cœur, la digitaline peut, sur une personne qui n'en a pas besoin, provoquer un arrêt cardiaque.

– Est-il facile d'obtenir ce médicament ?

Telle est naturellement la question que je pose au pharmacien.

– Non, il figure sur ce que nous appelons la Liste 1. L'ordonnance médicale est indispensable. Et le patient doit respecter scrupuleusement la dose prescrite. Il faut aussi savoir que la digitaline a souvent de graves effets secondaires sur les plans nerveux et psychique. D'où l'obligation de prendre ce médicament à bon escient.

La découverte de la digitaline dans les viscères de Pilote est un élément nouveau d'importance majeure : c'est le signe que sa mort a été préparée et exécutée par des professionnels. Si la police s'était contentée d'une simple autopsie, la conclusion aurait été celle du décès par crise cardiaque. En décidant un examen toxicologique, on débouche sur un assassinat, même si j'interprète à ma façon les confidences policières et les précisions de mon apothicaire. Je suis convaincu – ou pas loin de l'être – qu'il y a un lien entre les menaces dont j'ai été la cible et cet assassinat.

Je remercie, achète des bonbons sans sucre, puis part en direction de la place des Vosges

*

* *

Cela fait plus d'une demi-heure que je l'attends. Je me suis mis à l'écart, sous les arbres, non loin de la statue de Louis XIII, pour le voir venir. Je me méfie de lui : il est capable d'arriver accompagné de quelques sbires. Je commence à perdre patience malgré la compagnie de Victor Hugo dont j'admire la maison – il vécut là de 1833 à 1848 – et celle de la marquise de Sévigné, née dans l'un des magnifiques hôtels de cette place de l'Indivisibilité, ainsi que la baptisèrent les révolutionnaires.

Finalement, comme sa sœur, il évite toute confrontation.

Je quitte la place des Vosges. C'est alors que mon portable se met à vibrer. Je reconnais la voix de ma ministre, malgré son ton pincé. Elle m'ordonne d'être dans son bureau à dix-huit heures et raccroche.

*

* *

Pendant ce temps, rue des Saussaies, au ministère de l'Intérieur, le commissaire divisionnaire Michel, responsable de l'Unité de coordination de la lutte antiterroriste, l'Uclat, fait avec son collègue le commissaire divisionnaire Jacques Beinhart, patron de la Criminelle, le point sur les dossiers importants en cours d'instruction.

– Tu sais, le juge a lancé un mandat d'arrêt international contre Jalcone, indique le patron de la Crim.

– Oui, j'ai vu cela. Et alors ? demande le chef de l'Uclat.

– Jalcone s'est soustrait au contrôle judiciaire, le juge est furieux.

– Il a raison. Mais maintenant qu'il a quitté la France, ça va être compliqué pour lui remettre la main dessus.

– Sûrement. Tu sais, Jalcone a le titre de ministre-conseiller de l'Angola à l'Unesco et estime qu'il bénéficie d'une immunité diplomatique permanente, ce que conteste naturellement le juge.

– Mais pourquoi évoques-tu ce dossier ?

– Tu vas voir où je veux en venir. Dans cette affaire dite de l'« Angolagate », il y a une bonne quarantaine de personnalités mises en cause, notamment un certain Didier Darak. Ce nom apparaît à plusieurs reprises dans la procédure, mais celui qui le porte n'a jamais pu être formellement identifié.

– C'est vrai, je m'en souviens, acquiesce le patron de l'antiterrorisme dont la mémoire, comme chacun sait, est impressionnante. On a pensé qu'il s'agissait d'un faux nom, mais il n'a pas été possible d'en savoir davantage...

– Exact. Or je remonte à lui par le biais d'unc autre affaire. Il y a peu, un cadavre a été découvert au bois de Boulogne, il s'agissait d'un individu se faisant appeler Pilote. Un gaucho patenté, manipulateur professionnel, agitateur impénitent. Mes collègues ont ratissé large, car bien évidemment Pilote était un nom de guerre. En fait, Darak et Pilote sont une seule et même personne... Intéressant, non ? Selon l'expert toxicologue, ce Darak, alias Pilote, a été retrouvé mort au bois de Boulogne probablement empoisonné à la digitaline. Je n'ai pas terminé : ce personnage au double nom a entretenu, semble-t-il, des relations intimes avec la secrétaire d'État à la rénovation de l'État, la coqueluche du nouveau gouvernement... Maintenant, il nous faut trouver une connexion entre l'ultragauche et le trafic d'armes à destination de l'Angola...

– Pas trop difficile, répond lc patron de l'Uclat. Le fait que les armes viennent d'Europe centrale ou des ex-républiques soviétiques pourrait expliquer cette connexion. Compte tenu des liens évidents de nombreux gauchistes français avec certains anciens membres des services spéciaux de ces pays, ceci pourrait expliquer cela.

– Tu vois, on bosse bien, à la Crim ! Comme le nom d'un ministre apparaît dans la procédure, et compte tenu de la liaison avec le dossier Jalcone, j'ai informé le préfet de police, il va en parler au ministre de l'Intérieur et sûrement à l'Élysée...

Pour l'expérimenté patron de l'antiterrorisme, si son collègue n'avertissait pas sa hiérarchie de l'évolution des investigations sur ce dossier, il ne fait aucun doute qu'il mettrait en péril sa carrière. La justice peut se prévaloir et bénéficier peu ou prou d'une indépendance relative vis-à-vis du pouvoir politique, pas la police, fût-elle judiciaire !

– Tu te souviens que, dans cette affaire d'armes pour l'Angola, non seulement étaient mis en cause de hautes personnalités françaises, mais aussi un Russe du nom de Garaillak, ou quelque chose comme ça. Il a amassé une fortune considérable grâce à des commissions versées sur des comptes à l'étranger, notamment au Luxembourg. Les armes, elles, transitaient par une société française dont le siège social était à Paris et qui avait une filiale en Slovaquie. Ce Russe est maintenant planqué bien au chaud en Israël. Or – et c'est aussi fort intéressant – j'ai lu dans une note récente des RG qu'un autre Russe tentait de prendre la suite de Garaillak. Je me souviens seulement de son prénom : Boris. Il descend au *Bristol*, mène un train de vie important, recherche des contacts avec les gens au pouvoir et fricote beaucoup avec un avocat parisien dont j'ai mémorisé le nom, car c'est le même que celui d'un gardien de mon immeuble, un certain Claude Ménager. Il s'agit d'un gauchiste reconverti dans les affaires, camarade du frère de la secrétaire d'État à la rénovation de l'État. Curieusement, d'ailleurs, dans l'affaire du trafic d'armes à destination de l'Angola, apparaissaient aussi les noms d'un ministre et d'un avocat. Étrange analogie : les politiques changent, pas les escroqueries.

*

* *

– Nous allons aller droit à l'essentiel, je n'ai pas beaucoup de temps, le secrétaire général de l'Élysée m'a demandé de passer le voir, me dit-elle au moment où je franchis la porte de son bureau.

Je salue d'un hochement de tête son frère que j'ai la désagréable surprise de trouver installé dans un fauteuil. Il ne me répond pas, détourne ostensiblement la tête pour ne pas croiser mon regard. Elle reprend :

– Que se passe-t-il ? Où voulez-vous en venir ? Pourquoi menacer mon frère ?

Je ne peux m'empêcher d'esquisser un léger sourire, qu'elle perçoit parfaitement, ce qui l'agace un peu plus.

– En matière de chantage et de menaces, je ne suis qu'un piètre amateur, comparé à votre frère.

Et je lui remémore les avanies que j'ai endurées depuis un certain temps, évoque le cambriolage dont j'ai été victime, lui dis qu'à mon sens son frère n'y est pas étranger.

– C'est scandaleux d'affirmer cela ! Claire, dis-lui de mettre un terme à ses conneries diffamatoires. Vire-le rapidement, c'est un abruti, il n'y a rien à en tirer ! éructe-t-il.

Je fais comme si je ne l'avais pas entendu. D'un geste brusque du bras, elle lui intime l'ordre d'arrêter. Elle reprend à mon adresse :

– Mais pourquoi le menacer de mort ? C'est ridicule !

Je l'interromps, n'ayant nullement l'intention de me laisser acculer dans la position inconfortable de l'accusé.

– J'ai donné rendez-vous à votre frère place des Vosges. Comme il est ignare, je lui ai précisé que c'est là qu'à l'occasion du mariage d'Élisabeth de France avec Philippe II d'Espagne, en 1559, qu'Henri II, lors d'un tournoi, a été mortellement blessé par un coup de lance de Montgomery. S'il a pris ce rendez-vous à cet endroit comme une menace de mort, c'est qu'il n'a pas la conscience très tranquille. Si tous les amoureux qui, depuis des siècles, se rencontrent dans ce jardin, se sentaient menacés de mort, cela se saurait ! La place des Vosges n'est pas un cimetière...

– Il te raconte des conneries, il m'a menacé de mort, simplement parce qu'il sait que je veux que tu le vires de ton cabinet. C'est un nul !

Encore une fois je ne lui réplique pas, cela ne servirait à rien. Mais ses agressions verbales me confirment dans l'idée que le personnage n'est pas étranger à tout ce qui m'arrive. La meilleure défense est pour lui l'attaque, et il est parfaitement maître dans cet art. Il se met à hurler, dénonce le complot dont je serais l'auteur et qui consisterait à isoler sa sœur, à la couper de sa famille, à en faire un pantin, à ruiner son avenir. Il me traite des noms les plus désobligeants. Cela me laisse impassible et mon attitude a pour effet de l'énerver un peu plus. Elle finit par l'interrompre.

J'en profite pour lui dire ce que je sais du sort de son ami Pilote et lui indique qu'il n'est pas décédé d'une simple crise cardiaque.

– Vous insinuez quoi ? demande-t-elle.

– Simplement que son décès par crise cardiaque a été provoqué par un empoisonnement.

– Ridicule ! crie le frère. Ton mec est un fou furieux, il te raconte n'importe quoi. S'il continue, je le bute...

– Tais-toi, lui lance-t-elle, et arrête de fumer, ça empeste.

Ce rappel à l'ordre me permet de continuer. Je sens son frère se lever et se rapprocher de moi. Elle s'en rend compte aussi.

– Guy, tu te rassois et tu ne bouges pas.

Il obtempère et elle me demande de poursuivre.

– Oui, votre ami Pilote a été assassiné, et les policiers cherchent l'auteur ou les auteurs de ce meurtre...

– Tu vas le laisser longtemps délirer ? Tu vois bien qu'il raconte n'importe quoi. Il faut le virer à coups de pied dans le cul. Il commence à m'échauffer fortement, je vais lui écraser mon poing sur sa face d'œuf, et la coquille va exploser. La police ne sait rien, Pilote est mort d'une crise cardiaque, c'est tout. Les flics en sont convaincus... Vire-le avant que je démolisse sa gueule d'enfoiré !

– Allez-vous-en, tous les deux. Je veux rester seule. Je veux rester seule...

– Il veut te faire croire que c'est moi qui suis à l'origine de l'assassinat.

– Ce n'est pas ce que j'ai dit.

– C'est de la pure diffamation. Je vais déposer plainte. C'est intolérable ! Vire ce minable...

– Tais-toi et partez tous les deux.

Elle s'assoit à son bureau. Elle est devenue blême, les traits de son visage se sont soudain creusés. Elle accuse manifestement le coup de cette révélation.

Je regagne mon bureau, épuisé. Cette confrontation avec son frère m'a exténué. J'ai besoin de calme, de silence. Je n'aime pas la violence, fût-elle verbale. Finalement, j'éprouve une grande pitié à l'égard de ma ministre ; elle se trouve dans une passe difficile. Je suis convaincu de la culpabilité de son frère, mais je n'ai pu encore déceler le mobile. Son frère est un voyou cynique et intéressé.

J'appelle Marie ; sa secrétaire m'informe qu'elle est partie avec la ministre et ne sait quand elle sera de retour.

# Chapitre 24

C'est la première fois que je viens au 36, quai des Orfèvres. Je suis d'emblée impressionné et même un peu angoissé par l'atmosphère qui y règne.

Passé le porche d'entrée gardé par deux plantons en armes vêtus d'un gilet pare-balles, l'un d'eux m'interpelle pour savoir où je vais, puis me précise que pour me rendre dans les locaux de la Brigade criminelle je dois traverser la cour et prendre l'escalier à gauche. Il me dévisage curieusement, comme si à ses yeux j'étais coupable ou suspect, il me demande d'ailleurs de lui présenter ma convocation. Je lui réponds que je n'en ai pas, mais que j'ai pris rendez-vous. Il consulte une liste et me laisse passer.

L'escalier est sinistre : peinture défraîchie, propreté douteuse. Sous l'objectif de caméras de surveillance, j'y croise des personnages bizarres. Je suis bousculé par trois hommes, vraisemblablement des policiers, qui dévalent précipitamment les marches puis face à un individu de race noire, menottes aux poignets, encadré par deux policiers qui lui tiennent les bras ; nos regards se rencontrent, il me fait pitié. Une femme monte péniblement l'escalier en s'agrippant à la rampe ; ses traits sont ravagés, un énorme bleu est visible au niveau de sa pommette gauche. Sentiment de malaise. Un avocat en robe, au premier étage, grille une cigarette en dépit de l'affiche qui ordonne « de ne pas fumer, même sur ce palier ».

Au deuxième, un policier en uniforme, assis derrière un comptoir vitré, me demande ce que je veux. Après avoir précisé le motif de ma venue, décliné mon identité, la porte vitrée s'ouvre. Je dois monter encore un étage pour accéder aux locaux de la Crim. Naturellement, il n'y a pas d'ascenseur, l'escalier est toujours aussi vétuste, l'atmosphère aussi sinistre. Un panneau lumineux, du type de ceux qu'on voit encore dans quelques gares de province, indique : « Brigade criminelle ». Me voici enfin arrivé.

*

* *

– Voilà, monsieur le commissaire, je vous ai indiqué dans quelles conditions j'ai récupéré ces deux feuillets. J'espère qu'ils permettront de faire progresser l'enquête...

Le patron de la Criminelle les examine et réfléchit... J'en profite pour admirer la magnifique vue plongeante sur la Seine dont on bénéficie depuis son bureau. La pièce est curieusement meublée : un vieux téléviseur avec antenne apparente, comme cela ne se fait plus depuis vingt ans ; accrochés aux murs, trois tableaux, soit peints par un policier, artiste du dimanche dénué de talent, soit prêtés par le Mobilier national parce que personne n'en voulait. Le commissaire Jacques Beinhart se rend compte que je trouve l'ensemble assez suranné. Il me précise que, si le mobilier et son agencement n'ont pas bougé depuis longtemps, c'est volontaire : il s'agit du bureau du patron de la Crim non du titulaire du poste qui, lui, ne fait que passer. Depuis sa création, en dépit des vicissitudes politiques, la Crim est devenue une institution policière à part entière. Elle a gagné sa réputation grâce au travail et à la compétence de tous, et non pas à cause de tel ou tel patron. La Crim n'est pas faite d'individualités plus ou moins talentueuses, c'est un collectif exceptionnel, m'explique-t-il. J'admire le gros coffre-fort, une antiquité qui jouxte la fenêtre. Il s'en aperçoit, sourit. J'en profite pour lui demander quels secrets d'État il renferme.

– C'est une question que me posent souvent mes visiteurs. Je ne sais si ce sont des secrets d'État, comme vous dites ; ce qui est certain, c'est que les archives qui y sont enfermées, parfois depuis très longtemps, intéresseraient beaucoup de monde.

– Pourquoi ?

– Elles concernent aussi bien l'affaire de l'Observatoire, donc les frasques de Mitterrand, l'attentat du petit Clamart, qui visait de Gaulle, la mort du prince de Broglie, l'accident de la princesse Diana, Paulin et Mathurin, les célèbres tueurs des vieilles dames... Mais revenons à vos documents. Ils sont intéressants. Si vous permettez, je vais vous faire conduire dans le bureau d'un inspecteur qui prendra votre déposition...

– Est-ce bien nécessaire ? Je vous confie ces deux documents : ne versons pas trop dans le formalisme...

En réalité, je n'ai nulle envie que mon nom apparaisse dans la procédure, d'abord parce que je n'ai rien à voir avec la mort de Pilote, ensuite du fait de ma situation vis-à-vis de ma ministre. Si ces documents servent à expliquer le mobile du meurtre de Pilote, c'est-à-dire Didier Darak, par son frère, ce qui pour moi ne fait guère de doute, et s'il apparaît que je suis à l'origine de leur remise à la police, cela ne va pas améliorer mes relations avec elle !

– Monsieur le chef de cabinet, ce n'est pas moi qui vote les lois, et encore moins qui les imagine, mais c'est moi qui les applique. Le code de procédure pénal s'impose aux fonctionnaires de police. Je vais donc demander à mon adjointe de vous conduire dans un bureau voisin. Après quoi nous nous reverrons, si vous le voulez bien...

Quand je retrouve le patron de la Criminelle, il est visiblement détendu et m'avoue que les premières investigations sur cette Société européenne de conscil en négoce international s'annoncent prometteuses.

– Vous savez, me dit-il, cette société utilise les services de la Compagnie parisienne de bureaux d'affaires, c'est elle qui possède l'immeuble de l'avenue Montaigne dont la Société européenne de conseil se sert pour faire croire que son siège social se trouve dans cette artère prestigieuse...

– Quelle est l'activité de cette entreprise qui, si je comprends bien, a recours à une société écran ?

– Tout simplement la vente d'armes de guerre...

– Eh bien, je vais de surprises en découvertes, et celle-ci n'est pas mince. Mais dites-moi, monsieur le commissaire, il y a beaucoup de sociétés à Paris qui vendent des armes de guerre ? En ce domaine, je vous l'avoue, je suis très naïf. Le métier de professeur ne vous prépare pas à aborder ces questions... On vend donc des armes de guerre à n'importe qui ?

Jacques Beinhart se tourne vers l'ordinateur installé à côté de lui, me fait signe de me rapprocher, pianote sur le clavier non pas avec deux doigts, mais avec ceux des deux mains ; j'admire sa virtuosité. Apparaît sur l'écran un titre qu'il m'invite avec le sourire à découvrir. Je lis : « AD Consultants Ltd est spécialisée en conseil marketing, fourniture, livraison, installation, formation de personnel, et en service après vente dans les domaines militaires et les projets spéciaux... »

– Vous voyez, il est effectivement facile de se procurer des armes si vous disposez de moyens financiers conséquents : il suffit de cliquer sur le site d'un marchand d'armes. Mais ce n'est pas fini...

Le commissaire se remet à jouer avec son ordinateur et je fais une nouvelle découverte. Sont proposés à l'achat « tous types d'avions et d'hélicoptères, armements et munitions, pièces de rechange, équipements spéciaux » ; et il est précisé que « tous les moyens de transport terrestres, maritimes et aériens » seront mis en œuvre « pour assurer la livraison sûre et rapide des fournitures, quelles que soient leurs destinations ». J'avoue que je suis à la fois sidéré et révolté que l'on puisse ainsi se procurer sans problème des engins de mort.

– Monsieur le commissaire, ma question va vous paraître ingénue, mais y a-t-il beaucoup d'armes qui se baladent ainsi librement et se vendent en toute impunité ?

Le patron de la Crim ferme son ordinateur, prend une cigarette et, d'un petit geste nerveux, la remet dans son paquet. Il me propose un verre d'eau, je refuse, mais lui en avale un d'un trait. C'est pour éviter de fumer, m'indique-t-il ; ce dont je me doutais. Le besoin de nicotine s'étant momentanément estompé, il me regarde avec un mince sourire :

– Je ne suis pas un spécialiste, mais j'ai quelque peu suivi ces questions grâce à un de mes camarades de promotion, nous avons préparé ensemble l'école des commissaires de Saint-Cyr au Mont-Dore, près de Lyon ; il est aujourd'hui responsable à la DST de la section qui surveille les intermédiaires en vente d'armes travaillant à partir de la France... Ceux-ci sont une dizaine et ont développé des réseaux principalement dans les pays de l'ex-Union soviétique, et jusqu'en Russie. C'est surtout dans cette partie du monde que l'on trouve d'énormes stocks d'armes et de munitions. On estime aujourd'hui à environ sept cents millions le nombre d'armes légères – mitraillettes, revolvers, fusils et même missiles portables – qui circulent et se négocient de par le monde, générant des transactions considérables. J'ai appelé mon collègue de la DST, pendant que vous faisiez votre déposition, pour savoir ce qu'il fallait comprendre par « boîtes de haricots rouges », « sardines » ou « farine de poisson »... Il s'agit naturellement d'un code : les kalachnikovs pour les haricots, les fusils de combat pour les sardines, la farine pour les bombes au sol.

– Mais pourquoi un code s'il est si peu difficile à décrypter ?

– Les commandes aux intermédiaires transitent par fax, téléphone, Internet ; c'est plus discret sous ces appellations. Rassurez-vous, les spécialistes ne sont pas dupes.

– Ainsi, monsieur le commissaire, les deux feuillets que je vous ai transmis étaient une commande ?

– Probablement, ou une demande de devis, précise le patron de la Criminelle.

– Un devis adressé par Pilote à la Société européenne de négoce international ?

– Peut-être, mais nous ne le savons pas encore.

– À moins que les deux ne fassent qu'un ?

– C'est une hypothèse.

Ce milieu des trafiquants d'armes que je découvre, je n'en soupçonnais a fortiori ni l'importance ni l'organisation. Jacques Beinhart me précise même les pays les plus dynamiques dans ce commerce : ce sont la Biélorussie, la Bulgarie, l'Ukraine, le Kazakhstan et même la Russie.

– Je voudrais vous poser encore deux questions, si vous me permettez...

– Pas de problème, sauf que, dans ce bureau, c'est généralement moi qui les pose, fait-il avec un sourire moqueur.

– Ce trafic d'armes est connu, la preuve en est ce site Internet, et on laisse faire ?

– C'est compliqué. Il s'agit du matériel militaire détourné au moment de l'éclatement de l'Union soviétique et du « coulage » qui sévit et se développe dans un certain nombre d'armées des pays de l'Est et même de Russie où les soldes sont modestes et la corruption monnaie courante. Oui, en France, nous connaissons les principaux intermédiaires, nous les observons, cela nous permet de savoir où vont les armes, quels groupes en achètent, et de prévenir nos militaires s'il y en a en mission dans le pays destinataire. Les services de police ont ainsi appris que c'est par le même intermédiaire qu'en Côte-d'Ivoire l'armée gouvernementale et les rebelles se sont approvisionnés en armes et munitions !

– Ma seconde question concerne le règlement de ces livraisons : il ne s'agit pas de petites sommes...

– Certainement pas. Les règlements se font parfois en espèces, mais plus généralement de banque à banque – un peu encore en Suisse, mais le plus souvent dans les Émirats ou les îles Caïmans –, aussi en diamants négociés à Anvers. Il arrive – c'est une nouveauté – que le paiement se traduise par l'octroi de concessions d'exploitation de champs pétrolifères, notamment en Angola, dans l'ancien Zaïre, en Mauritanie...

– Je vous remercie, monsieur le commissaire. Tout cela me fait froid dans le dos : avec ce que vous venez de me raconter, je ne risque rien, au moins ?

– Dormez tranquille.

*
* *

Je quitte le quai des Orfèvres perplexe. Je croyais être tombé sur un banal trafic de stupéfiants, et me voici mêlé involontairement à un trafic d'armes de guerre. Pilote et le frère de ma ministre pourraient en être des protagonistes. J'espère au moins qu'elle est étrangère à tout cela.

Je regagne à pas lents mon domicile en réfléchissant à toutes ces révélations. Quelle doit être ma conduite ? Faut-il que j'en parle directement à ma ministre, que je quitte son cabinet sans rien lui dire ? Mon téléphone vibre.

– Que fais-tu ? me demande Marie.

– Rien, je rentre à pied chez moi, je suis fatigué.

– Où étais-tu aujourd'hui, on ne t'a pas vu au bureau ?

– Tu m'espionnes ?

– Non, je me préoccupe de toi. Je t'aime !

– Je n'ai plus l'intention d'y venir. Ou elle me convoque et consent à écouter les motifs de mon départ, ou je lui adresse ma lettre de démission dans les quarante-huit heures. Ma décision est irrévocable. J'en ai assez d'apprendre chaque jour des choses qui m'inquiètent de plus en plus...

– Que sais-tu de nouveau ? me demande Marie, visiblement intriguée.

– Rien de particulier, mais je commence à subodorer certains agissements...

– Lesquels ?

– On en reparlera plus tard. Ce soir, je suis lessivé et j'ai besoin d'être seul.

– Je voudrais être certaine que tu ne commettras pas de bêtises. Arrête de voir le mal partout, de t'ériger en censeur, de te croire cerné par des voyous, de conserver des documents dénués d'intérêt...

– On verra.

– Tu ne veux pas qu'on se retrouve ? J'ai envie de te changer les idées. Où es-tu ?

– Rue de Vaugirard, bientôt chez moi. Ne t'inquiète pas. Si ça va mieux, je t'appellerai.

*

* *

À l'approche de mon domicile, je redeviens nerveux, angoissé. Je me retourne de plus en plus fréquemment pour vérifier que je ne suis pas suivi. Je dévisage les passants que je croise. Je traverse en hâte aux feux rouges. J'ai mal au ventre, tressaille au moindre bruit, mon cœur m'oppresse, ma bouche est pâteuse. Je n'ai qu'une hâte : m'enfermer sans tarder dans mon appartement. Je m'efforce de marcher plus vite, mais mes jambes sont lourdes, j'ai mal aux pieds...

Soudain le bruit d'une moto lancée à vive allure. Je prends peur. Je regarde, la vois foncer sur moi. Ils sont deux dessus, casqués. Je panique, m'accroupis derrière une voiture. La moto passe.

Le passager, j'en suis certain, a fait un geste dans ma direction ; il m'a pointé. Il voulait m'abattre. Je suis sûr d'avoir vu le reflet de l'arme qu'il tenait à la main. Ils vont revenir. J'attends, écoute. Le ronflement du bus qui arrive me semble anormal et m'inquiète. Je demeure tapi contre la voiture. Je me relève pour mieux évaluer le danger. Le bus passe, la moto ne revient pas.

Je quitte prudemment ma planque, regarde à droite,

à gauche. Je me dis qu'ils doivent attendre devant chez moi. Je fais demi-tour et m'enfuis en courant.

*
* *

J'erre au quartier Latin, longe le boulevard Saint-Michel, remonte la rue Soufflot, tourne autour du Panthéon où j'entends l'écho de la voix de Malraux saluant la dépouille de Jean Moulin, l'héroïsme des soldats de l'ombre. C'était il y a plus de quarante ans, je n'étais pas né mais la télévision a récemment rediffusé cette oraison funèbre, et j'ai été pétrifié d'émotion par cette voix d'outre-tombe scandant son extraordinaire péroraison. En cette compagnie des morts illustres, je me calme. Ce quartier, mon quartier, je l'aime, je m'y sens bien. Je passe devant Saint-Étienne-du-Mont, salue d'un geste Pascal et Racine qui y reposent. Je n'arrive cependant pas à reprendre le chemin de chez moi. Je devrais tourner à gauche, vers la rue de Vaugirard, mais je prends à droite en direction de la rue de Seine. Je m'arrête dans le bar que je fréquentais, étudiant, y commande un double express.

Je repense à la légende d'Alexandre en visite à Gordion. Au char du roi Midas, un timon était attaché par un nœud réalisé avec tant d'habileté et d'adresse qu'on ne pouvait en discerner les bouts ; la légende promettait l'empire du monde à celui qui serait capable de le dénouer. Alexandre prit son épée et, d'un coup sec, trancha le nœud gordien...

Mon téléphone vibre, il est vingt-deux heures, c'est Marie.

– Tu te reposes ?

– Et toi ?

– Si l'on veut... répond-elle.

– Que se passe-t-il ?

– J'aurais besoin de te voir rapidement, dès ce soir ! supplie-t-elle.

– D'accord, on se retrouve au *Bonaparte*, à Saint-Germain.

*

* *

– Elle a craqué... En rentrant de l'Élysée, elle s'est effondrée dans la voiture, m'indique Marie.

– Que s'est-il passé ?

– Je ne sais pas bien. Je l'ai attendue dans la cour de l'Élysée et, d'après ce qu'elle m'a raconté au retour, le secrétaire général serait au courant de bien des choses...

– C'est-à-dire ?

– Sa liaison avec Pilote, et que celui-ci a probablement été assassiné. Il lui aurait aussi parlé d'un trafic d'armes, mais je n'ai pas bien compris. Surtout, le Président craint que la presse ne se déchaîne, mette au jour un nouveau scandale, fasse des amalgames. Bref, elle n'a pas le moral.

– Le Président veut la virer ?

– Pas encore.

Nous avons beaucoup parlé, Marie et moi, ce soir, au *Bonaparte* puis chez elle. La ministre, me raconte-t-elle, était en veine de confidences, elle avait besoin de s'exprimer. Elle a évoqué sa liaison orageuse avec Pilote, qui s'appelle en réalité Didier Darak, leur rupture mouvementée, puis, lorsqu'elle est entrée au gouvernement, l'acharnement de son ex-amant à se « remettre » avec elle. Se rendant compte que tout cela était intéressé, elle a refusé. Le dépit et la vengeance de Pilote ont été terribles. Il l'a menacée, n'a pas cessé de la harceler au téléphone. Elle a dû changer de numéro, se faire héberger par des amis. Il se postait devant l'entrée du ministère. Il lui a adressé un ultimatum au terme duquel, si elle ne l'embauchait pas dans son cabinet, il livrerait à la presse des informations sur son passé gauchiste. Elle a demandé à son frère de calmer Pilote...

– C'est lui qui l'a éliminé ?

– Elle le craint, répond Marie.

– Mais son calvaire n'est pas terminé avec la mort de Pilote. Son frère exige maintenant une rémunération pour son travail. Très gourmand, il veut lui aussi une place dans son cabinet, pour bénéficier d'un titre, en profiter pour faire des affaires avantageuses pour lui. Son but est simplement de se servir d'elle pour faire du fric. On est loin du combat idéologique ! Elle a refusé jusqu'à présent de l'intégrer à son équipe. Il exige aussi ton départ immédiat, mais, auparavant, veut récupérer les documents que le concierge lui a avoué t'avoir remis et dont personne, à part toi, ne connaît la teneur, mais qui auraient été oubliés par Pilote...

– Je le contrarierais à tel point qu'il exigerait ma démission ?

– D'abord, il pense que tu couches avec sa sœur.

– C'est faux ! Elle fait ce qu'elle veut avec qui elle veut.

– Sauf qu'il vous a vus vous promener sur les bords de Seine, un dimanche...

– Si tous les promeneurs du dimanche sur les berges de la Seine ont vocation à coucher ensemble...

– Comme toi je ne pense pas que les liaisons de sa sœur le préoccupent vraiment, c'est un prétexte ! Au début, il a cru pouvoir t'utiliser, mais il a vite compris que tu étais trop honnête pour le suivre dans ses combines, et le seul, dans l'entourage de sa sœur, à contrecarrer son emprise sur elle. Il n'a eu de cesse de t'écarter d'elle, soit en te faisant peur pour que tu craques et t'en ailles, soit en lui expliquant que tes recherches sur l'ultragauche déboucheraient sur un brûlot dirigé contre elle. Bref, pour lui, tu es l'homme à abattre...

– Que dit-elle de tout cela ?

– Elle est compliquée, faible et ambiguë...

– Ça fait beaucoup !

– Elle affirme être capable de ne pas céder aux prétentions et au chantage de son frère, comme elle a su résister à Pilote, mais je constate qu'elle rencontre à sa demande et en sa présence un Russe aux agissements douteux, sûrement intéressé...

– Je l'avais pourtant prévenue de ne pas le recevoir.

– Je sais... Elle rapporte à son frère tout ce que tu lui dis. En réalité, celui-ci a un véritable ascendant sur elle, il lui fait peur et elle n'a pas la force de lui résister longtemps. Il exerce sur elle une telle pression qu'elle finit toujours par céder. Il cherche à la convaincre que tu es lié aux flics, connu pour être un indic, proche des Renseignements généraux, que tu renseignes le ministre de l'Intérieur, sur ses faits et gestes...

– Que dit-elle de toutes ces inepties ?

– Elle est troublée. De par ses engagements anciens, elle nourrit une évidente aversion pour tout ce qui concerne la police et l'Intérieur. Le fait, m'a-t-elle dit, que tu aies eu connaissance du rapport toxicologique et de l'empoisonnement de Pilote accrédite à ses yeux les insinuations de son frère sur tes relations privilégiées avec les flics. Elle se méfie désormais de toi, c'est évident.

# Chapitre 25

Le rouleau compresseur de la Criminelle se met en marche pour localiser le domicile de Didier Darak, alias Pilote. Rien n'est laissé au hasard, toutes les investigations possibles sont décidées, diligentées, le moindre indice exploité, l'information la plus anodine vérifiée et recoupée. Des réquisitions sont adressées aux services de l'Électricité, du Gaz, de l'Eau, du Téléphone, de La Poste aux fins de vérifier si ne figure pas parmi leurs clients un certain Didier Darak. Sont interrogés dans le même but les opérateurs de téléphonie mobile, les organismes de sécurité sociale, les services préfectoraux qui délivrent et gèrent permis de conduire et cartes grises, le Trésor public pour le recouvrement des amendes, le service de la redevance audiovisuelle... Les différents services de police sont mobilisés dans cette recherche ainsi que la gendarmerie nationale, les douanes et même Interpol...

Finalement, c'est grâce à la compagne d'un jeune gardien de la paix en fonction à Levallois, aux portes de Paris, que le premier indice intéressant parvient à la Brigade criminelle.

Chargée du ménage des parties communes de l'immeuble du numéro 18 de la rue d'Alsace, une jeune femme, intriguée par le comportement d'un individu venu par trois fois dans la même matinée sonner à la porte de l'appartement situé au quatrième étage à gauche en sortant de l'ascenseur, pensant qu'il repérait les lieux afin de commettre un cambriolage – il y en avait eu deux dans le même immeuble au cours des six mois écoulés –, avise son mari, gardien de la paix au commissariat de quartier. Celui-ci en parle à son chef qui transmet l'information au commissaire, lequel se renseigne auprès du syndic de l'immeuble pour connaître l'identité du locataire et apprend ainsi qu'il s'agit d'un certain Didier Darak, gérant de sociétés. Faisant le rapprochement avec le nom indiqué sur l'avis de recherche transmis à tous les commissariats, il prévient ses collègues de la Criminelle. Après en avoir parlé au juge, ceux-ci décident une surveillance du domicile avant de procéder, si nécessaire, à une perquisition.

*

* *

La perquisition débute à neuf heures : les policiers arrivent en compagnie d'un serrurier qui n'a aucune difficulté – il lui faut à peine plus de cinq minutes – à leur permettre de pénétrer dans le logement loué par Didier Darak. En présence de deux témoins, la gardienne de l'immeuble et le locataire de l'appartement voisin, ils cherchent un indice susceptible d'intéresser l'enquête, d'expliquer l'assassinat, si c'en est un, ou de comprendre le suicide, si tel a été le cas. Il est capital pour eux de savoir si la digitaline était prescrite par un médecin, et donc trouver une ordonnance, un flacon, des cachets, ou même une simple adresse qui permettrait d'interroger un des proches de la victime. Avant même la perquisition, ils se sont renseignés : ce médicament a été retiré du marché en France et en Suisse, mais semble toujours commercialisé en Belgique. S'ils pouvaient trouver la trace d'un déplacement dans ce pays, ce serait un indice utile. À force de fouiller, ils mettent la main sur une ordonnance : elle date d'un an et prescrit « la prise, le soir, d'un quart de comprimé de Lexomil pendant huit jours » ; rédigée pour « Monsieur Didier Darak », elle est à en-tête d'un médecin dont le cabinet est situé dans le 4e arrondissement de Paris, et porte le cachet d'une officine des Champs-Élysées. Ce sont là des indications qui promettent d'être utiles aux enquêteurs.

Manifestement, l'appartement n'a pas été occupé depuis un certain temps, la poussière qui recouvre les quelques meubles des trois pièces en fait foi.

Dans l'unique chambre, un grand lit défait, une table de nuit sur laquelle les policiers saisissent un bout de papier : y est griffonné le numéro d'un portable. Traîne par terre, sous le lit, un exemplaire du journal *Libération* daté du 7 août 2007.

La salle de bains ne livre aucun élément susceptible de les intéresser ; par contre, dans le bureau, la télévision a été achetée chez Darty, à la Madeleine : l'indication est notée. Sont découverts du papier à en-tête de la Société européenne de conseil en négoce international ainsi qu'un cahier couvert d'écritures retraçant des commandes et des livraisons de boîtes de haricots rouges et blancs, de farines. Ces documents sont évidemment placés sous scellés.

Les policiers ont opéré avec des gants en latex pour ne pas gêner le travail de leurs collègues de l'Identité judiciaire, arrivés en même temps qu'eux sur les lieux de la perquisition pour relever les traces papillaires qui, comparées à celles prélevées sur le cadavre, pourront confirmer ou infirmer certaines hypothèses. Il semble acquis aux yeux des policiers que Darak et

Pilote sont une seule et même personne, mais ce n'est encore qu'une supposition, pas encore établie de façon irréfutable. Dans la salle de bains, le tube de pâte dentifrice est l'objet d'attentions particulières des spécialistes : c'est en effet une source souvent fructueuse d'empreintes digitales, de même que la télécommande de la télévision, la poignée des fenêtres.

Les vêtements dans la penderie font eux aussi l'objet d'un examen minutieux, les poches des vestes et des pantalons sont méthodiquement retournées, l'origine des costumes systématiquement recherchée.

La perquisition terminée, les policiers s'en vont après avoir apposé les scellés sur la porte d'entrée. Commence alors pour eux un patient travail d'investigation.

Le médecin contacté confirme avoir reçu un individu disant s'appeler Didier Darak et lui avoir prescrit du Lexomil. Ce patient n'est jamais revenu le consulter. Il est incapable de décrire sa physionomie. Le pharmacien, pour sa part, ne fournira aucune information exploitable.

Pendant ce temps, les fonctionnaires de la Crim, avec l'assistance éclairée de ceux de la DST, commencent à décrypter les éléments manuscrits du cahier saisi. La moisson s'annonce prometteuse.

Dans le même temps sont comparées les empreintes prélevées lors de la perquisition avec celles prises sur le cadavre. La réponse est immédiate : Darak et Pilote sont bel et bien la même personne.

Quant au titulaire du numéro de téléphone trouvé sur un morceau de papier, il est rapidement identifié : Guy Brégançon, le frère de la ministre.

## Chapitre 26

Samedi et dimanche, Marie s'abstient d'aller au ministère. Nous les passons ensemble. Je me suis acheté de quoi me changer. Je n'ose lui avouer que j'ai peur de rentrer chez moi.

Nous nous promenons : je lui fais découvrir l'île Saint-Louis, le Marais. Nous prenons un café face à la fontaine des Innocents. Je l'étonne par mon amour pour Paris et son histoire. Nous montons même à Montmartre grâce aux vélos mis à la disposition des Parisiens par la Mairie.

Du haut de la butte, je lui montre l'étendue de la capitale, évoque la Commune, la personnalité de Clemenceau qui fut maire de l'endroit. Place Blanche, c'est Lautrec qui fait l'objet de mes commentaires, et face au Moulin-Rouge, je lui parle de Renoir. Je lui fais découvrir le Moulin de la Galette, immortalisé par Renoir et Van Gogh, la rue Lepic... Moments de bonheur insouciant...

*

* *

Ce lundi matin, Marie part tôt, à huit heures : elle accompagne la ministre qui doit passer la journée à Roanne, à l'invitation du maire, pour participer à une réunion de concertation avec l'Association des usagers des services publics. Passage obligatoire : la visite se terminera par un dîner dans le célèbre restaurant de Trois-Gros. J'ai confié ma lettre de démission à Marie qui doit la lui remettre en mains propres. J'ai l'intention, d'ici deux ou trois jours, de reprendre contact avec mon administration d'origine, l'Éducation nationale, afin de postuler une affectation dans l'un des nombreux collèges de la capitale. Je me sens enfin libre, heureux d'avoir pris et concrétisé ma décision.

Après avoir flâné dans le quartier, lu le journal au zinc du bar de la place Saint-Sulpice, je surmonte mes appréhensions et me résous à retourner chez moi.

*

* *

La porte refermée, j'ôte ma veste et la jette sur mon lit, enlève mes chaussures sans même en défaire les nœuds, prépare un café, fais couler un bain. Mon portable sonne, je n'ai pas mis le vibreur ; je me précipite dans ma chambre, fouille les poches de ma veste. La sonnerie s'arrête. Je suis arrivé trop tard.

Mon correspondant, non identifié, ne laisse pas de message. Je suis persuadé que c'est Marie qui veut me redire qu'elle m'aime. Je me remémore ces jours et ces nuits passés avec elle. Le sifflement de la cafetière me rappelle à la réalité. Je coupe l'eau du bain, m'installe dans la cuisine, sort du réfrigérateur du pain de mie et un pot de confiture d'oranges. Le portable se remet à sonner, je l'ouvre.

– Connard ! À cause de toi, les flics me cherchent. Je vais te régler ton compte avant qu'ils me trouvent, salopard d'indic !

Médusé, je ne dis rien ; j'ai reconnu la voix qui insiste :

– Je vais te flinguer, pauvre petit con !

Il a raccroché. Un sentiment mêlé d'injustice et de panique m'envahit. Envie de vomir. Désespoir de ne pouvoir m'en sortir. Que faire ? Je me laisse tomber dans mon unique fauteuil. J'attends je ne sais pas quoi. Je laisse s'écouler les minutes sans réagir, le regard dans le vague. Aigreurs d'estomac, douleurs dans les reins. Je me relève, cale le fauteuil contre la porte d'entrée, ferme les volets, tire les rideaux. Passe la journée effondré sur mon lit, incapable de lire, de fixer mon attention, de réfléchir à la conduite à tenir. Somnole sans vraiment dormir.

Le soir venu, je prends un Doliprane, seul médicament que j'ai sous la main, dans l'espoir qu'il apaisera tant soit peu ma détresse...

*

* *

Il est sept heures, mon portable sonne. Je l'ouvre par réflexe. C'est Marie.

– Tu es au courant ?

– Non, de quoi ?

– Il est mort.

– Je ne comprends rien : qui est mort ?

– Guy, le frère. Il s'est tué à moto, cette nuit, dans Paris, vers trois heures du matin.

– C'est pas vrai ?

– Bien sûr que si ! s'exclame-t-elle, surprise par ma question. Il aurait brûlé un feu rouge rue de Rivoli et percuté un véhicule qui aurait d'ailleurs pris la fuite.

Je n'ose lui avouer que cette annonce constitue pour moi une merveilleuse nouvelle.

– D'après la police, le choc a été terrible ; il est décédé dans l'ambulance qui le transportait à l'hôpital. Nous rentrons...

– Elle doit être très affectée.

En formulant cette remarque, je mesure combien elle peut paraître idiote.

– Elle est triste. C'était son frère, son unique frère.

– Moi, je suis plutôt soulagé.

– Cynique ! Tu pourrais au moins compatir...

Marie raccroche.

Hier l'amant, aujourd'hui le frère : ça semble faire beaucoup en peu de temps. Deux décès, l'un par empoisonnement, dont l'auteur n'est pas identifié, l'autre par accident, à cause d'un chauffard qui a pris la fuite.

## Chapitre 27

Convoquée par le juge comme témoin dans l'instruction judiciaire ouverte sur la recherche des causes de la mort de X..., devenu Didier Darak, alias Pilote, Claire Brégançon a été autorisée par le Conseil des ministres, sur rapport du garde des Sceaux, à répondre à l'invitation du magistrat. Le jour et l'heure de sa venue au palais de justice ont été convenus d'un commun accord entre celui-ci et la ministre.

L'avant-veille de son audition, elle a demandé à Me Jacques Chennebrun, avocat pénaliste de bonne notoriété, dont le nom lui a été suggéré par le secrétaire général de l'Élysée, de passer un long moment avec elle pour la préparer aux questions du juge. Elle m'a demandé d'assister à la fin de cet entretien. J'ai hésité et fini par accepter de revenir au ministère et de l'y retrouver. Cela fait plus de quinze jours que je ne l'ai revue. Marie lui ayant remis ma lettre de démission, elle n'a pas éprouvé le besoin de m'appeler, de me remercier pour le travail accompli, de me demander ce que j'allais devenir. Cette indifférence m'a chagriné, et je lui en veux. Il a fallu toute l'insistance de Marie pour surmonter mon envie de refuser.

À mon entrée dans son bureau, elle se lève, vient à ma rencontre, à ma vive surprise m'embrasse, me dit son plaisir de me revoir et me présente son avocat.

Nous devisons tous trois une demi-heure, au cours de laquelle elle m'indique ce qu'elle va déclarer au juge. À l'évidence, l'avocat l'a bien briefée : elle n'est au courant de rien, n'avait plus de contacts depuis longtemps avec son ancien amant, ses relations avec son frère étaient épisodiques et superficielles, elle ne se souciait naturellement pas de ses activités.

– Qu'en pensez-vous ? me demande l'avocat, manifestement satisfait des conseils qu'il a prodigués à sa cliente. Tout cela n'est-il pas parfaitement plausible ?

Il me regarde avec une certaine condescendance. Elle se tourne vers moi et je constate chez elle une inquiétude manifeste. Elle n'arrête pas d'agiter sa jambe droite.

– C'est une version. Je ne suis pas convaincu qu'elle soit le reflet exact de la réalité.

Irrité par ma réponse, l'avocat m'interrompt :

– Ce n'est pas la question. L'important est de savoir si cela se tient. Car je sais que vous allez être aussi entendu par le juge, et il ne faudrait pas que vos témoignages divergent trop sensiblement. D'après ce qu'on m'a rapporté, vous avez tendance à beaucoup parler...

Cette insinuation en forme de reproche a le don de m'énerver et je le dis sans ambiguïté :

– Il n'est pas dans mes habitudes de faire des faux témoignages.

La ministre perçoit bien que ma discussion avec l'avocat prend un tour fâcheux.

– Olivier, ce n'est pas ce que demande Me Chennebrun ; il souhaite seulement que nous accordions nos témoignages pour permettre au juge, en ce qui nous concerne, de clore rapidement le dossier.

– Oui, précise l'avocat. Il est indispensable d'éviter une confrontation entre vous et madame la ministre, qui a d'autres préoccupations : elle est en charge des intérêts de la France et n'a pas de temps à perdre à satisfaire la curiosité d'un petit magistrat en mal de notoriété...

Pour un ténor du barreau, je me dis qu'il devrait participer au concours des plus maladroits : il serait assurément primé. Je constate que ce qu'on raconte sur le mépris des grands avocats à l'égard des magistrats n'est pas une légende.

Il ne se contient plus :

– Mon pauvre monsieur, je ne sais si vous en avez conscience, mais il n'y a plus de secret de l'instruction. Tout ce que l'on déclare dans le cabinet des juges se retrouve aussitôt dans la presse, présenté de façon outrancière en vue de créer un scandale et de faire vendre du papier...

Cette façon de me donner du « pauvre monsieur » a le don de m'exaspérer davantage, de même que l'apparente crédulité de sa cliente. J'ai franchement envie d'être désagréable avec l'un et l'autre.

– Vous oubliez de dire, maître, que la principale source de ces fuites, ce sont les avocats eux-mêmes, incapables qu'ils sont de se taire.

– Mais le code ne les astreint pas au secret de l'instruction !

– Peut-être, mais ce n'est pas une raison, pour se faire de la pub, de tout divulguer aux journalistes. Le code, comme vous dites, ne les incite pas à tout dévoiler.

– S'il vous plaît... Ce n'est pas là l'objet de notre rencontre, s'exclame la ministre.

Surpris par mon agressivité et ma résistance, l'avocat veut néanmoins reprendre l'initiative : il y va de son autorité et de son prestige vis-à-vis de sa cliente, probablement aussi, me dis-je, du montant de ses honoraires. Mais elle ne le laisse pas faire. D'une voix ferme, elle nous rappelle à l'ordre successivement. L'avocat comprend l'avertissement et embraie sur le but de notre confrontation : faire devant le juge des déclarations concordantes.

– Ce qu'envisage de préciser madame la ministre a l'avantage de la clarté et de la concision, et n'appellera pas d'observations ni de questions de la part du magistrat. J'irai d'ailleurs le voir au préalable, nous nous connaissons, fiez-vous à mon expérience, hélas ancienne, du barreau et des juges. Votre audition ne posera pas de problème...

Cette suffisance m'insupporte. Je sens monter en moi une hargne que je ne puis empêcher de déferler de façon agressive et désobligeante :

– Cher maître, je n'ai naturellement pas votre expérience, privilège de l'âge, ni votre connaissance du code de procédure pénale, n'étant qu'un modeste professeur de collège. Je m'autorise néanmoins à vous dire ceci : les termes de la déclaration qu'envisage de faire, sur vos conseils avisés, votre illustre cliente, ont peut-être pour vous l'avantage de la clarté, mais ils ont pour moi l'inconvénient de ne pas être l'expression de la réalité. Puis me tournant vers la ministre j'ajoute : À moins que votre avocat, par son talent, n'arrive à anesthésier le juge, à le rendre débile au point de lui faire perdre toute curiosité, tout esprit critique, je suis persuadé qu'au vu du dossier il ne pourra pas ne pas vous poser certaines questions délicates. Or, madame la ministre, en dépit de ce qu'affirme votre excellent conseil, vous oubliez de préciser que votre ex-amant n'a cessé de faire pression sur vous pour obtenir certains avantages. Je vous le concède : il semble que vous lui ayez résisté. Mais vous omettez encore de dire que son insistance a été telle que vous avez demandé à votre frère de vous en débarrasser...

– Olivier !

– Il n'y a pas ou plus d'Olivier qui tienne. Il fallait m'écouter plus tôt, daigner entendre les raisons de ma démission de votre cabinet. Je tiens donc à vous dire ce que j'ai sur le cœur...

– Olivier, je vous en prie !

– Laissez-moi terminer. Mais, auparavant, je vous demande de prier votre avocat de nous laisser seuls.

– Ce n'est pas prudent ! lance celui-ci. Regardez l'état d'excitation dans lequel il est, son comportement m'inquiète...

– Je n'ai pas l'intention de faire le moindre mal à votre cliente, mais d'avoir avec elle une explication sans témoin.

– Mais je peux tout entendre !

– Vous ne comprenez pas que c'est vous qui m'énervez, avec votre suffisance ?

– Maître, laissez-nous, ordonne-t-elle.

– Voilà qui est très désobligeant pour moi, réplique l'avocat, l'air outragé. Dans ces conditions, il me sera impossible d'assurer votre défense !

Il se lève, salue de la tête, ne daigne pas me regarder et quitte le bureau.

J'attends que la porte soit refermée, m'approche d'elle qui a un mouvement de recul ; je lui dis de ne pas avoir peur, lui demande de s'asseoir. Elle me regarde avec effroi, obtempère. Je rapproche un fauteuil du sien, la rassure une nouvelle fois :

– Détendez-vous, je n'ai pas l'intention, ici ou ailleurs, de vous accabler, encore moins de vous agresser. Il y a une question que je veux vous poser, elle m'obsède depuis un certain temps. Je me demande si

Pilote, votre ex-amant, n'a pas été assassiné par votre frère, peut-être même avec votre complicité.

– Je ne peux vous laisser dire cela ! Vous me voyez le tuer, moi, avec l'aide de mon frère ? C'est ridicule, c'est même insultant...

– Je poursuis, si vous me permettez...

– C'est un acte d'accusation, un réquisitoire ! Vous tenez absolument à m'accabler...

En dépit de ses dénégations, je poursuis ma démonstration. Elle finit par m'écouter et, au fil de mon propos, elle devient blafarde, ses traits se creusent. Je la sens au bord des larmes, particulièrement quand je lui précise que c'est la digitaline qui, d'après la police, serait à l'origine de la mort de Pilote.

– Or votre père, m'avez-vous dit, est depuis longtemps malade du cœur. Pour se soigner, il prenait sûrement de la digitaline. J'emploie volontairement l'imparfait car la digitaline a été retirée du marché français, on ne peut plus s'en procurer ; personne, hormis les spécialistes, les anciens malades et leurs proches, ne sait que ce médicament peut se révéler mortel. Pour moi, votre frère en était parfaitement informé, il lui en restait ou bien il en a trouvé, et il en a subrepticement administré une dose à Pilote. Tout cela est parfaitement limpide dans mon esprit. Il me reste un seul doute : savoir si vous avez ou non commandité cet assassinat...

Je l'observe. Elle se tient immobile, n'agite pas sa jambe comme à son habitude. Elle me fixe, me contraint à détourner mon regard. Je reprends mon explication pour meubler ce silence pénible :

– Vous n'avez jamais supporté que votre amant vous abandonne, vous vouliez vous venger de cette humiliation. Pour ce faire, puisque la politique est votre passion commune, vous changez de rivages politiques aux seules fins de lui démontrer votre savoir-faire. Vous devenez secrétaire d'État, vous tentez alors de vivre à nouveau avec lui pour avoir l'initiative de la rupture. Votre revanche consiste à pouvoir l'humilier, à lui faire subir ce qu'il vous a fait endurer. Mais vous n'aviez pas prévu que le militant politique que vous aviez aimé était devenu un affairiste obsédé par le fric. S'il y a une manifestation, il va y faire un tour par nostalgie, plus que par conviction. Il se fiche désormais pas mal de la révolution et des révolutionnaires ; ce qui l'intéresse, ce sont les affaires, notamment celles qu'il fait ou envisage de réaliser grâce à ses relations avec d'ex-membres des services secrets des pays de l'Est. Il cherche ainsi et arrive, semble-t-il, à devenir un intermédiaire dans le trafic d'armes de guerre. Pour cela il crée une firme travaillant derrière une société écran et entreprend de mettre à profit ses anciennes relations.

Elle m'écoute sans exprimer ni approbation ni désapprobation, et ne cherche plus à m'interrompre. Elle a un regard vague et las, mais je la devine tendue. Je continue :

– Lors de votre nomination ministérielle, il comprend tout le bénéfice qu'il pourrait en retirer, mais il se heurte à une femme qui n'est plus aussi malléable que celle qu'il a connue ; elle veut sa revanche, elle n'est plus amoureuse. Il s'en aperçoit, mais cherche quand même à forcer votre porte, à ne pas lâcher une proie prometteuse. Voilà qui explique ses pressions, son harcèlement, son chantage. Cela vous contrarie, risque de ruiner vos ambitions ministérielles. Bref, vous sollicitez de votre frère qu'il l'écarte de votre chemin. En fait, qu'il le liquide. Que pensez-vous de cette explication ?

Elle consent enfin à me regarder en face, attend

un instant, croise les jambes et me dit d'un ton méprisant :

– Vous en avez terminé ? Votre réquisitoire est achevé ?

– Je n'ai pas fini.

– Alors continuez !

– Votre frère le liquide, mais surgit alors une difficulté que vous n'aviez pas prévue. Il ne vous rend pas ce service sans contrepartie : mon départ de votre cabinet, mais c'est secondaire, et surtout un bonus pour ses propres affaires. En effet, il a bien l'intention de reprendre les juteuses activités de sa victime. Il vous contraint à rencontrer au Cercle républicain l'un de ses contacts, un affairiste russe. Bref, il entend profiter à son tour de votre position. Mais là, fort opportunément, il se tue à moto. Malencontreux hasard. Faut-il le croire ? Vous conviendrez que cet accident survient au bon moment, d'autant plus que le chauffard qui a percuté la moto de votre frère a disparu.

Je la fixe à mon tour et attend qu'elle me réplique. Silence. Elle se redresse sur son fauteuil. Je pense qu'elle va avouer, reconnaître ses turpitudes, peut-être même me fournir des explications. J'espère qu'elle va céder, comprendre qu'elle me doit la vérité. Elle se lève, me toise avec hauteur et lâche :

– C'est votre version, je vous remercie de m'en avoir fait part. Quant à moi, je n'ai pas l'intention de m'accabler. La version de mon excellent avocat me convient. Nous avons eu la conversation que vous désiriez avoir avec moi. Nous n'avons plus rien à nous dire. Je vous demande de quitter au plus vite ce bureau. J'espère ne plus jamais avoir à vous rencontrer. Au revoir, monsieur.

Elle se détourne, regagne la chaise derrière son

bureau, sonne l'huissier et lui demande de me reconduire.

En franchissant le seuil, je me retourne et lui lance :

– Ne vous inquiétez pas, je ne témoignerai pas contre vous. Tout ce que j'ai vécu à cause et grâce à vous sera la trame d'un roman que je rêve depuis longtemps d'écrire. J'aurai appris à votre contact que, si les brochets font effectivement courir les carpes, celles-ci ont bien meilleure mémoire que ceux-là !

*

* *

Elle a été auditionnée par le juge d'instruction et s'en est tenue, semble-t-il, aux déclarations mises au point par son avocat. J'ai également été entendu comme témoin par le magistrat. Je suis demeuré dans un certain flou, indiquant que je ne connaissais rien de la vie privée de Claire Brégançon, de son passé, de ses rapports avec son frère Guy ou de ses relations avec Didier Darak, alias Pilote.

Tout cela étant parfaitement exact, je n'ai pas le sentiment d'avoir fait un faux témoignage. Il est vrai, je n'ai pas fait part au juge de mes doutes, voire de mes convictions.

Le fils du concierge a été jugé et condamné pour dissimulation de preuve à une peine de deux ans d'emprisonnement, dont dix-huit mois avec sursis. Les magistrats ont couvert, par cette sanction, la durée de sa détention provisoire. La justice avait besoin d'un coupable, il l'était, même si son rôle ne fut que secondaire. Les apparences sont sauves : la police a fait son travail et la justice, son œuvre. Didier Darak, alias Pilote, est mort, les conditions de sa disparition demeureront obscures, mais cela ne préoccupera personne : sa personnalité sulfureuse expliquera qu'on ait estimé préférable de ne pas trop prolonger les recherches. Le rôle de Guy, lui aussi décédé, est largement dénoncé : il est présenté comme étant à l'origine de tout. Sa mort, considérée comme accidentelle – les recherches pour identifier le chauffard sont demeurées vaines –, arrange en définitive tous les protagonistes de l'affaire.

Claire Brégançon poursuit avec éclat sa carrière politique. Lors d'un remaniement, elle a été promue au rang de ministre, chargée de l'Environnement et du Développement durable, s'élevant ainsi dans la hiérarchie politique, même si son passage au secrétariat à la rénovation de l'État ne s'est concrétisé par aucune réforme. Ses relations personnelles avec le Premier ministre et sa proximité avec le Président expliquent qu'il ne lui en ait pas été tenu rigueur.

Pour ce qui me concerne, j'ai demandé à bénéficier d'un congé spécial de six mois, sans rémunération, avant de reprendre le chemin d'un collège, afin de rédiger le récit de ces événements. Quand j'ai sollicité ce congé, l'inspecteur d'académie, qui m'a fort aimablement reçu, m'a approuvé :

– Vous avez raison. Il faut vous reposer, laisser la vie décanter les choses...

Il voulait me signifier que je faisais peur et qu'il convenait que je prenne du champ pour me faire oublier. Je me suis cependant demandé si la peur que je lui inspirais était liée à ce que j'étais supposé savoir de l'affaire ou le résultat de mon intrusion en politique, aux côtés – circonstance aggravante – d'une ministre transfuge de la gauche... Je ne le saurai jamais.

Aujourd'hui, au terme de ce récit, je suis toujours habité par les mêmes convictions, et de plus en plus persuadé de sa responsabilité dans la disparition de Pilote. Tous les indices convergent. Peut-être son frère est-il allé au-delà de ce qu'elle avait commandité ? Je n'en suis pas convaincu. Pour ce qui est de la mort de son frère, même si l'accident a été formellement établi, je ne parviens pas à me forger une conviction. Laissons donc une place au hasard et admettons qu'il peut parfois arranger tout le monde, même moi ! Imaginer qu'elle aurait pu décider et organiser cet « accident », et profiter d'un voyage en province, alibi parfait, pour faire disparaître son frère, je ne le peux. Sur ce point, je lui accorde le bénéfice du doute.

Aurais-je dû, face au juge, me montrer moins bienveillant avec ma ministre, faire part de mes interrogations ? À bien y réfléchir, si j'ai pu un moment éprouver certains regrets, je n'ai cependant pas de remords.

Oui, j'ai regretté de m'être laissé manipuler, d'avoir été par trop naïf, de n'avoir pas eu le courage de fuir plus vite le ministère ; mais je ne me sens pas coupable de n'avoir pas fait part au juge de ma vérité, même si je la crois proche de la réalité. C'est à la justice, aidée par la police, de trouver la vérité, ce n'est pas à moi d'imposer la mienne.

En ce qui concerne Marie, nos chemins se sont séparés. Elle demeure pour moi une énigme. Elle n'a pas suivi sa patronne dans son nouveau ministère. Pourquoi ? Je ne sais. Quel a été au juste son rôle dans cette affaire ? Quelle était sa mission vis-à-vis de moi ? Était-elle en service commandé ? Avait-elle instruction de me surveiller, de renseigner sur mes agissements ? En fait, m'a-t-elle vraiment aimé ? Je ne le sais toujours pas.

Lorsque cette affaire a été close, c'est elle qui a pris l'initiative de rompre notre relation. En fait, elle a profité de mon éloignement – j'étais parti en Bretagne rédiger ce récit – pour mettre fin à notre histoire commune par un bref coup de téléphone. Elle m'a dit que tout était terminé entre nous, elle ne m'a pas fourni d'explication et je ne lui en ai pas demandé. C'est peut-être mieux ainsi.

# Chapitre 28

– Tu vas ? Il y a un siècle que tu ne m'as pas appelé. Que se passe-t-il ?

Je reconnais d'emblée la voix de mon ami policier. Depuis que je me suis réfugié en Bretagne pour écrire, il est vrai que je l'ai oublié et ça me fait grand plaisir de l'entendre. Nous parlons de choses et d'autres, des humeurs du temps. Si on n'avait pas la météo pour meubler les conversations, je me demande comment on ferait.

– Et tes projets ? me demande-t-il. Tu ne devais pas écrire un livre ?

– J'ai de multiples projets, mais de là à ce qu'ils se concrétisent, c'est une autre paire de manches !

– Tu devais bien te lancer dans l'écriture d'un roman ?

Cette précision me surprend. Je ne lui en ai jamais parlé. Je me souviens seulement y avoir fait allusion lors de ma dernière rencontre avec la ministre.

– Qui t'a dit cela ? J'ai envisagé un moment d'écrire une biographie de Claire Brégançon, d'évoquer son itinéraire politique, mais elle n'a pas voulu. J'ai renoncé à ce projet.

– Ah, je croyais que tu voulais raconter ton expérience, l'affaire du frère de ton ancienne ministre, et que tu cherchais même un éditeur. Ce n'est donc pas le cas ?

Ayant appris la prudence, je ne lui révèle rien de mon travail, pratiquement terminé, mais je tiens à percer les raisons de sa peu discrète et insistante curiosité.

– Dis-moi ce que tu veux savoir. Ce projet de roman, tu ne l'as pas inventé, or je ne t'en ai jamais parlé. Pourquoi un tel interrogatoire ?

– Tout de suite les grands mots ! Non, je me suis dit qu'avec ton talent tu devrais te lancer dans le roman...

– Tu ne te fiches pas de moi ? De toute façon, tu ne lis que les bandes dessinées...

Il bafouille, tergiverse, me parle en effet de sa passion pour les bandes dessinées, ne tarit pas d'éloges sur le dernier *Astérix*, cherche en fait à éluder ma question. Je le connais bien : s'il adopte cette attitude, c'est qu'il ne veut pas me mentir. Mais je sais aussi qu'il n'est pas capable de conserver longtemps un secret, et plus il parle, plus je suis certain qu'il va finir par cracher la vérité.

Effectivement, je ne tarde pas à apprendre qu'il a vu passer une demande de renseignements à mon sujet.

– Et pourquoi donc ? On me considère comme un dangereux personnage ?

– C'est probablement pour te refiler la Légion d'honneur, me dit-il, manifestement peu convaincu par sa propre explication.

Je ne peux m'empêcher d'éclater de rire.

– Je n'en crois pas un mot... Dis-moi la vérité !

– Tu ne diras rien à personne ?

– À personne. D'ailleurs, on ne se connaît pas. Je précise cela pour le rassurer.

– Eh bien, il paraît que ta façon de faire inquiète, tes agissements paraissent suspects. Tu pourrais faire partie d'une organisation secrète dont l'objectif serait la déstabilisation de l'État. Tu es soupçonné d'être en relation directe avec des gauchistes excités. Tu pourrais même être impliqué dans un réseau chargé de fournir des armes de guerre aux insurgés du monde entier. Fais gaffe !

– Tout et n'importe quoi ! C'est absurde ! Même toi, j'espère que tu n'en crois pas un mot ?

– Je ne te connais pas, et puis il ne faut pas trop parler au téléphone. Bonnes vacances ! Tu reprends quand ton boulot ?

Avant qu'il ait eu le temps de raccrocher, je lui dis être à Paris dès demain et souhaiter dîner avec lui.

Toujours prompt à profiter d'une bonne bouffe, il hésite néanmoins. Pour l'inciter à accepter, sachant qu'il raffole des pâtes aux truffes, je lui propose de nous retrouver dans un petit bistrot italien de la rue Saint-Roch où les pâtes fraîches sont « à tomber à la renverse ». Il accepte.

*

* *

Après s'être goinfré d'une copieuse platée de spaghettis à l'huile de truffe et à la crème fraîche, avoir descendu à lui seul les trois quarts d'une bouteille de montepulciano, il me raconte ce qu'il sait.

Son récit un peu débridé me permet cependant d'apprendre que la demande de renseignements me concernant a pour origine directe le secrétariat général de l'Élysée, et que mon dossier est particulièrement signalé. Il est suivi en direct par le préfet de police et sa nouvelle collaboratrice, une certaine Martine Ferret. L'annonce de la parution d'un roman consacré à l'histoire de Claire Brégançon, me dit-il, semble inquiéter le « Château ».

Le dîner se termine pour moi sans nouvelles révélations. En quittant le restaurant, il insiste pour qu'on ne prenne pas le risque d'être vus ensemble. Il s'en va seul et j'attends un moment pour partir à mon tour.

*

* *

Comment en savoir davantage sur les véritables motifs de l'enquête me concernant, sans pour autant compromettre mon ami flic, ma seule source d'information ?

Je me promène dans le quartier de l'Odéon, cherchant à me laisser distraire par la sympathique animation qui y règne, particulièrement à l'heure du déjeuner.

Je ne sais pourquoi, j'ai envie de revoir Marie. J'ai toujours son numéro de portable, mais j'hésite à l'appeler de crainte qu'elle raccroche et refuse de me parler. Ce serait plus habile de la croiser dans la rue comme par un heureux hasard, comme si je n'avais rien prémédité. Pour ce faire, ne sachant où elle travaille, je devrais l'attendre devant chez elle. J'hésite : si elle ne veut plus me voir, c'est qu'elle doit vivre avec quelqu'un d'autre. Je vais me couvrir de ridicule.

Je déambule boulevard Saint-Michel, sans but précis, sans plus me soucier de savoir, comme il n'y a pas si longtemps, si je suis observé et filé. Je n'ai plus peur. Avoir terminé le récit de ce que j'ai vécu et subi m'a apaisé. Si cette expérience d'une confrontation avec le monde de la politique aboutissait à un livre à succès, ce serait positif pour moi. Claire Brégançon aurait alors été la chance de ma vie. Je rêve même d'un prix littéraire et cherche déjà la trame de mon prochain roman.

Sans m'en rendre compte, tout à ma réflexion, je me retrouve pratiquement devant l'immeuble où demeure Marie. J'hésite et finis par franchir le porche d'entrée pour vérifier si elle n'a pas déménagé : je me souviens avoir vu naguère son nom sur une des boîtes aux lettres.

*

*  *

– Vous cherchez quelque chose ? crie une voix de stentor qui me fait sursauter comme un enfant pris en flagrant délit.

C'est la gardienne qui m'interpelle vigoureusement. Elle ajoute sur un ton tout aussi désagréable :

– Ici, pas de publicité dans les boîtes ni de démarcheur dans les étages. C'est interdit par le règlement. Comment avez-vous pu entrer ? Il y a un code...

Je ne lui avoue pas que la porte était ouverte et que j'en ai profité.

– Je viens voir Marie. Marie Piquey...

– Elle a déménagé, que lui voulez-vous ?

– Je suis son cousin, je demeure en province... Mon père et sa mère...

– Ah ? Mademoiselle Marie n'habite plus ici depuis une paire de mois, elle a trouvé un studio plus grand pas très loin.

– Avez-vous, s'il vous plaît, sa nouvelle adresse ? lui demandé-je d'une voix suave pour tenter de l'amadouer.

– Non, mais elle vient chaque jour chercher son linge : c'est moi qui le lui repasse. Je lui dirai que son cousin est passé... Vous pouvez me laisser un mot pour elle, je le lui remettrai...

Pas la peine d'insister, elle ne me donnera pas sa

nouvelle adresse. Après l'avoir remerciée, je me dis qu'elle aurait fait un excellent maton. Je dispose néanmoins d'un renseignement utile : Marie vient quotidiennement reprendre ses affaires repassées. Il me suffit de l'attendre dans le café d'en face, en espérant que ce ne sera pas trop long. Je n'ai rien d'autre à faire de précis, mais j'ai plus que jamais envie de la revoir.

*

* *

Traînant les pieds, fatigué d'avance d'avoir à s'extraire de derrière son comptoir, le patron s'approche de moi et me demande ce que je veux boire. Je commande un express. Il s'en retourne, toujours aussi las, sans rien dire, après avoir donné un coup d'éponge à la table devant laquelle je me suis assis, puis, sans se presser, il s'en revient m'apporter mon café et le ticket de caisse.

Je patiente en lorgnant l'entrée de l'immeuble de Marie. Je me laisse aussi distraire par les deux fainéants professionnels qui, le regard vague, sirotent une bière pour l'un, un verre de blanc pour l'autre ; ils n'en sont pas à leur première consommation de la journée. Ce sont manifestement des habitués du comptoir. Un homme et une femme passent un court instant, s'enfilent chacun un express, se précipitant l'un après l'autre aux toilettes ; en en ressortant, ils ont l'air moins contractés qu'à leur arrivée. J'attends, je n'arrive pas à me décider à partir, alternant cafés et Perrier.

Il n'est pas loin de dix-neuf heures quand une voiture gris métallisé se gare devant l'immeuble. Émotion : Marie en sort ; le véhicule repart. Machinalement, je note sur le ticket de caisse le numéro de la plaque minéralogique. Je règle mes consommations et quitte le café à l'instant précis où Marie reparaît, portant un sac en plastique. Je la suis le plus discrètement possible. Cela ne dure que peu de temps, nous parcourons moins de cinq cents mètres dans la même rue. Elle s'arrête, pose son sac, compose un code, la porte s'ouvre, elle entre et disparaît. Je n'ai pas le courage de sonner, de lui parler. Pas ce soir. Je n'ai plus envie de rien.

*

* *

De retour chez moi, mon portable se met à vibrer.

– Je voulais te remercier. Sympa, ton bistrot italien. Tu vas ?

– Tranquille. J'attends qu'on me file une affectation dans un collège. C'est assez pénible de ne pas savoir de quoi ton avenir sera fait.

– T'inquiète pas, ils vont te le trouver, ton collège. Ils peuvent pas te laisser indéfiniment en vacances, tu finirais par en avoir plus que les flics ! s'esclaffe-t-il.

– Tu peux me filer un renseignement ?

– Voir, répond-il.

– J'ai un numéro de bagnole, je voudrais savoir à qui elle appartient.

– Ah...

– Tu n'as pas l'air très enthousiaste.

– Avec toi je suis prudent.

Je lui donne le numéro minéralogique de la voiture qui vient de déposer Marie. Il me le fait répéter, hésite, puis m'indique qu'il s'agit d'un véhicule de la « maison », autrement dit, me précise-t-il, affecté au cabinet du préfet.

– Vous êtes nombreux à bosser avec le préfet de police ?

– Pourquoi cette question ?

– Comme ça, pour savoir. Tu sais, la police est un monde que je connais mal...

– Tu détestes les flics !

– C'est pas vrai : tu es bien mon pote...

– Mais, à part moi, tu méprises tous les flics. T'es bien un prof ! Nous sommes quatre ou cinq...

– Ils sont sympas, tes collègues ?

– Ça dépend...

– Y a que des hommes ?

– Y a une femme, elle n'est pas là depuis longtemps. Elle est sympa, mignonne.

– C'est Martine Ferret ?

– Tu la connais ?

– Non, tu m'en as parlé, quand on a dîné ensemble chez l'italien.

– Ah, peut-être bien...

*

* *

Je l'ai attendue plusieurs heures dans un café voisin. J'ai guetté la Peugeot gris métallisé immatriculée 31 QFS 75. Lorsqu'elle arrive enfin, je sors précipitamment du café et m'avance le plus calmement possible à sa rencontre. Je ne veux rien laisser paraître, surtout pas mon émotion de la revoir. En m'apercevant, elle arbore un large sourire, m'embrasse affectueusement et dit :

– Enfin, voilà mon cousin !

Je ne relève pas l'allusion à ma rencontre avec la gardienne de son ancien immeuble. Elle ajoute :

– Je me doutais bien que c'était toi. Quand c'est

gros comme une maison, c'est signé Olivier. Si tu désirais me voir, il suffisait de m'appeler : tu as mon numéro de portable, je n'en ai pas changé.

– Pardon, je n'ai pas osé.

– Tu sais, ce n'est pas parce qu'on a vécu des choses ensemble, que nos chemins se sont séparés, qu'il faut se détester et ne plus se parler. Comme nous avons besoin de discuter, où m'emmènes-tu dîner ?

*

* *

Nous nous sommes naturellement retrouvés au *Récamier*, chez mon ami Gérard. Comme souvent, le restaurant est complet. Se côtoient là d'ordinaire nombre de politiques, de droite et surtout de gauche, des journalistes, des vedettes des médias, des éditeurs. Ce soir-là, pas trop de personnalités connues ou qui croient l'être, seulement des habitués. L'épouse du patron, Dominique, a bien du mal à nous dénicher une table libre ou non réservée. Elle nous propose de patienter un moment au bar, mais je préfère combler l'attente en nous promenant.

Marie et moi marchons le long de la rue de Sèvres à reluquer les vitrines des magasins de mode. Nous sommes un peu gênés, ne sachant trop quoi nous dire. Finalement, n'y tenant plus, je me tourne vers elle. Elle fait de même, nous nous dévisageons, elle me sourit.

– Dis-moi vraiment ce qui s'est passé. Nous sommes seuls, personne ne nous écoute. Ça restera entre toi et moi. Qu'y a-t-il derrière tout cela ?

– Mais rien du tout ! réplique-t-elle d'un ton peu convaincant.

– Ce n'est pas vrai ! Pourquoi hésites-tu à me parler, à reconnaître que je suis devenu pour vous tous un personnage suspect à éviter ?

– Tu te fais des idées.

– Absolument pas, tu le sais fort bien. Même l'inspecteur d'académie, quand il m'a reçu, a paru confus, gêné. Il m'a fortement encouragé à me faire oublier et à solliciter un congé de six mois. Aujourd'hui, il n'a plus le temps de me recevoir, encore moins de me proposer une affectation. J'en conclus que je lui fais peur. Pourquoi ? Et pourquoi fais-je l'objet d'une enquête ?

Elle semble embarrassée.

– Une enquête sur toi ? En es-tu certain, on raconte tellement n'importe quoi... Mais allons dîner, c'est l'heure, j'ai faim ! lance-t-elle en partant d'un pas résolu vers le *Récamier*.

Cette façon d'esquiver m'énerve. Je suis persuadé qu'elle va éluder toute la soirée les questions gênantes. N'est-ce pas sa façon de faire habituelle ?

*

* *

Notre table s'étant enfin libérée, elle s'assied, prend la carte, commande et me demande de l'imiter afin de ne pas perdre de temps : il est déjà vingt et une heures trente et elle ne souhaite pas se coucher trop tard. Son attitude directive, sa volonté que notre rencontre ne dure pas trop longtemps me convainquent qu'elle ne me dira rien d'intéressant. Peut-être qu'à elle aussi je fais désormais peur ? Dès que le serveur s'est éloigné, elle se redresse, me prend la main, y appose un petit baiser, puis me regarde avec une affection qui ne me laisse pas indifférent. Je me persuade que c'est encore une façon, agréable, certes, mais surtout habile, d'éluder tout sujet délicat. Je me dois de reprendre l'initiative, même si je ne me fais plus beaucoup d'illusions.

– Marie, ne me raconte pas que tu ne sais rien, je ne le croirai pas une seconde. Quel était ton rôle quand tu m'as piqué mon disque dur ? Nos routes ne sont plus parallèles, ce n'est pas une raison pour me masquer la vérité. Je me souviens d'une citation que tu avais refilée à notre ministre pour une émission de radio, je crois que c'était à peu de chose près ceci : « La politique est un étang où les brochets font courir les carpes... » Je ne souhaite pas être une carpe ni m'être fait coursé par des brochets !

À l'évocation de cette citation, elle sourit mais ne m'interrompt pas. Imperturbable, elle me regarde fixement, sans manifester le moindre signe d'impatience, d'inquiétude ni d'agacement. Je trouve même qu'elle fait montre d'un aplomb remarquable. Pour la forcer à réagir, j'ajoute en la regardant droit dans les yeux :

– Pourquoi, Marie, avoir changé de nom ?

Elle ne sursaute ni ne s'insurge.

Le serveur nous apporte notre commande. Elle attaque le soufflé aux morilles. Elle n'a toujours rien dit. Je me sens désemparé face à cette passivité.

– Tu as terminé ? Bien. Je vais te répondre.

Auparavant, elle jette un regard à droite et à gauche pour vérifier si elle risque d'être entendue par nos voisins. Puis elle pose sa fourchette.

– Voilà : sitôt après la formation du gouvernement, on a pris conscience, en haut lieu, que si notre héroïne – nous ne prononcerons pas de nom, si tu veux bien, je me méfie des indiscrétions de bistrot – avait effectivement rendu de grands services pendant la campagne électorale, ce qui lui valait d'être remerciée par un poste ministériel, elle était par contre entourée d'un aréopage préoccupant et sulfureux. Il fallait surtout éviter qu'ils intègrent son cabinet. Elle s'est donc vu imposer ses collaborateurs. Un jour, on a vu arriver un personnage inconnu du sérail politique : toi. Cela a paru suspect. Elle t'a imposé. Mais ses anciens camarades ne cessaient pas d'exercer leurs pressions sur elle. On s'est donc demandé si ta venue à son cabinet n'était pas la preuve qu'ils étaient parvenus à introduire l'un des leurs auprès d'elle. D'autant plus que tu as eu vite fait d'évincer le chef de cabinet qui avait été placé auprès d'elle pour la canaliser, empêcher l'intrusion dans son entourage d'individus indésirables. Ils...

– Qui ça ?

– Peu importe pour l'instant, laisse-moi poursuivre. Tu intriguais par ton comportement hors normes. Certains imaginaient que tu étais une tête de pont, un espion dormant. Bref, tu étais un mystère et l'ascendant que tu as pris sur notre héroïne a fini par inquiéter les chefs. Qu'un dimanche, le collaborateur puisse déjeuner et se promener ensuite avec elle bras dessus bras dessous sur les quais de Seine a suscité une panique générale en haut lieu. Elle semblait échapper à tout contrôle. Bref, j'ai reçu mission d'entrer à son cabinet pour vous surveiller : elle, toi, l'ex-amant et le frère...

– Qui t'a confié une telle mission ?

Profitant de ma question, elle reprend de son soufflé qui, refroidi, s'est dégonflé au fond de son ramequin. Elle poursuit :

– Nous verrons ça plus tard. Je tente donc de faire parler notre héroïne sur vos rapports, elle se montre peu loquace...

– Tu as aussi essayé de m'embobiner.

Elle fait comme si elle ne m'avait pas entendu.

– J'ai observé vos comportements réciproques. Puis l'ex-amant a été retrouvé mort, probablement assassiné par le frère. Celui-ci a-t-il outrepassé les instructions de notre héroïne ? Peut-être. A-t-il agi de sa propre initiative ? Je ne sais pas.

– Il y a une autre hypothèse, lui dis-je.

– Laquelle ?

– Tué par des barbouzes à la solde du pouvoir pour écarter de l'entourage d'une ministre un personnage compromettant, impliqué dans des trafics illicites d'armes de guerre.

– Non, plus de nos jours, plus en Europe. Tout finit par se savoir. Je continue, si tu veux bien ? Les services ont par ailleurs constaté un certain rapprochement entre son frère et toi, remarqué ta volonté de nouer des contacts avec certains gauchistes ou anarchistes, tout cela étant fort inquiétant pour la sécurité intérieure du pays...

– C'est franchement n'importe quoi !

– Évite de m'interrompre sans arrêt, cela devient énervant ! Tu as voulu quitter son cabinet. Il n'était pas possible de te laisser en pleine nature avec tout ce que tu savais sur elle et sur la mort de l'ex-amant. Et puis, finalement, tu es parti. Voilà toute l'histoire.

– Et le frère, sa mort est-elle aussi accidentelle qu'on l'a dit ?

– Je ne sais pas.

– Si, tu connais la vérité, mais tu ne veux pas me la confier !

– Non et non, je ne sais pas et n'ai pas d'opinion sur le sujet.

– Je peux maintenant te poser des questions ?

– Tu peux essayer.

– Tu agissais pour le compte de qui ? Et ce changement de nom, pourquoi ?

Elle hésite manifestement à me répondre, me fait signe qu'elle ne veut pas de dessert. Elle boit d'un trait un grand verre d'eau, lorgne aux alentours pour voir s'il y a encore des clients qui risquent d'écouter. Le restaurant s'est progressivement vidé, nos voisins de table ont réglé depuis un moment leur addition et sont partis sans nous prêter la moindre attention.

– Je ne devrais pas te le dire. Si cela se savait, ce serait considéré à juste titre comme une faute professionnelle, mais, au point où j'en suis, avec ce que je viens de te révéler, un peu plus, un peu moins... Je suis fonctionnaire de police et appartiens à la DST.

– Tu étais une espionne !

– Si tu tiens à appeler cela comme ça, oui. Je préfère dire que je suis chargée de la sécurité intérieure pour préserver l'autorité et l'indépendance de l'État... Je n'ai pas changé de nom ; le vrai, seul mon chef le connaît.

– En somme, tu ne m'as jamais aimé ? Ou plus exactement tu ne m'as aimé que pour les besoins du service, comme on dit dans la police.

Elle me regarde avec une certaine tristesse dans les yeux et répond :

– Je vais t'avouer deux autres choses, après quoi tu penseras ce que tu voudras : l'une, je crois, agréable à entendre pour toi ; l'autre, probablement plus difficile à accepter. La première, tu imagines être ici devant moi par un hasard que tu aurais un peu provoqué. Tu crois avoir appris qu'il y avait des investigations menées à ton sujet grâce à une confidence imprudemment lâchée par un de tes amis flics. La réalité est tout autre : je voulais te voir, te parler, m'excuser, compte tenu de ce qui s'était passé entre nous et de la sincérité des sentiments que tu me portais, et, crois-le bien, que j'avais pour toi. J'ai donc utilisé, avec son accord, ton copain flic pour provoquer cette rencontre. Et maintenant la deuxième chose, plus difficile à dire pour moi, à entendre pour toi, la voici : je vis avec ton copain !

Elle se lève et, sans se retourner, s'en va.

Elle me laisse seul, tout seul, très seul avec cet aveu qui signe irrévocablement la fin de mon histoire avec elle, celle de mes illusions et de mon passage en politique.

*Octobre 2007.*

*Du même auteur :*

## Romans

LE CURIEUX, Éditions n° 1, 1986
PIÈGES, Robert Laffont, 1998

## Essais historiques

LA JUSTICE AU XIX^e^ SIÈCLE : LES MAGISTRATS, Perrin, 1980
LA JUSTICE AU XIX^e^ SIÈCLE : LES RÉPUBLIQUES DES AVOCATS, Perrin, 1984

## Essais politiques

LES IDÉES CONSTITUTIONNELLES DU GÉNÉRAL DE GAULLE, Librairie générale de droit et de jurisprudence, 1974
LA CONSTITUTION DE LA V^e^ RÉPUBLIQUE, PUF, 1975
LE POUVOIR POLITIQUE, Seghers, 1976
EN MON FOR INTÉRIEUR, Lattès, 1997
LE GAULLISME N'EST PAS UNE NOSTALGIE, Robert Laffont, 1999
QU'EST-CE QUE L'ASSEMBLÉE NATIONALE ?, L'Archipel, 2006

Le Livre de Poche

**www.livredepoche.com**

- le **catalogue** en ligne et les dernières parutions
- des **suggestions de lecture** par des libraires
- une **actualité éditoriale permanente** : interviews d'auteurs, extraits audio et vidéo, dépêches…
- **votre carnet de lecture** personnalisable
- des **espaces professionnels** dédiés aux journalistes, aux enseignants et aux documentalistes

Composition réalisée par NORD COMPO

Achevé d'imprimer en mai 2009 en Espagne par
**LITOGRAFIA ROSÉS**
Gava (08850)
Dépôt légal 1re publication : juin 2009
LIBRAIRIE GÉNÉRALE FRANÇAISE – 31, rue de Fleurus – 75278 Paris Cedex 06

31/2510/1